籍贯711

中国核工业
第一功勋铀矿的故事

王琼华◎著

湖南人民出版社 · 长沙

矿工日记

原子弹、氢弹、导弹、人造地球卫星能上天，也是人发明和创造的，难道浅部岩溶隧道大突水、突泥就不能治理好吗？我坚信一定能够治理好。世上无难事，只怕有心人，树立雄心壮志，日夜努力刻苦拼搏，用自己的智慧和毅力去战胜各种艰难和险阻。

——唐明逢

什么是理想，什么是前途，像王铁人那样把一生献给党和人民，就是理想和前途。活着为革命，生命胜黄金，活着为自己，如同草一般。

——彭云太

鲁迅不是说孺子牛好吗？我就是要做这样的孺子牛。

——彭德远

干！我的生命、知识属于党和人民，要死先死自己，要戴手铐，我去！

——董贞泉

献了青春献终身，献了终身献子孙。

——张凡柱

起初是献青春，后来是献儿孙，就是本本分分，老老实实地钉到这地方了。

——姚文斌

只有往前赶，没有什么别的，所以家属、干部全部都要上去，没分什么家属、干部，所以说没有礼拜天没有礼拜六，只有往前赶，赶任务。

——汪南江

所以那时候七一一矿的职工队伍应该说与天斗，与地斗，与恶劣的自然环境斗，在这样的自然环境下，这支队伍经得起考验。

——梁启昌

我对他说，你年轻去干，干了死掉后，我带着儿女怎么办？他跟我说有国家，有领导，你不要着急。

——刘桂英

井下是我们矿山的世界，如果我们都不愿在井下干活，那矿山也就不存在了，你我都是年轻人，我们能不能为矿山多想一点呢？

——许达成

特别籍贯的背后

  我是从2019年开始在七一一矿进行采访的。那天，我采访王瑶心老人——新中国第一座铀矿预选厂机电技术负责人时，她介绍自己是湖北武汉人，她的丈夫是广东人。她的话，让我动了写这本书的念头。在此后的采访中，我开始关注工友们的籍贯。采访工友周宏喜时，他自称来自上海，岳父也是上海人。做理发师的矿嫂邓玉珍，则是一个地道的广西人。姚文斌工程师来自河南南阳……不久，我得到一份资料，进一步确认了七一一矿的工友来自全国各地。在许家洞，来自天南海北的他们与这座铀矿结了缘。一批批年轻人，跨越山海，在这座铀矿山安家落户，这背后有着怎样的故事呢？

现在，七一一矿俱乐部前的广场上横放着一块巨大的石碑，上面刻着一排醒目的大字——中国核工业第一功勋铀矿。得此赞誉，是因为七一一矿为中国第一颗原子弹爆炸、第一颗氢弹升空、第一艘核潜艇下水做出了巨大的贡献。所以每每看到这块石碑，七一一矿的人，都会感慨万千。在那段令人难忘的岁月里，他们流汗、流血，一些人甚至献出了宝贵的生命。是的，这些来自五湖四海的人，不仅创造了可歌可泣的奇迹，彼此也结下了深厚的情谊，他们深深地爱上了这片土地。在那个激情燃烧的岁月，他们喊出了令人动容的一句话："我们有共同的籍贯：七一一！"

七一一矿，一座带编号的矿，它与新中国的命运紧紧地联系在一起。

中国原子能出版社出版的《"两弹一艇"人物谱》一书中写道："毛泽东是最早想到和提出中国要搞原子弹的。对于核武器，毛泽东从战略上藐视为'纸老虎'，而在战术上却非常重视……"

据史料记载，1949年12月16日至1950年2月17日，毛泽东第一次走出国门访问苏联。在签订《中苏友好同盟互助条约》期间，斯大林请毛泽东观看了苏联核实验纪录片。在回国的列车上，毛泽东对他的卫士长李银桥说，原子弹美国有了，苏联也有了，我们也要搞一点。1951年10月，法国核物理学家约里奥·居里的中国籍学生杨宗承从法国回国，给毛泽东捎来了约里奥·居里的口信。约里奥·居里说："你回去转告毛泽东，你们要保卫世界和平，要反对原子弹，必须拥有自己的原子弹。"1954年9月29日，苏联领导人赫鲁晓夫来华参加中华人民共和国成立五周年国庆庆典。10月3日，在中苏两国最高级会议上，赫鲁晓夫问："你们对我方还有什么要求？"毛泽东答道："我们对原子能核武器感兴趣。希望你们在这方面对我们有所帮助，使我们有所建树。"赫鲁晓夫说："搞那个东西太费钱了。我们这个大家庭有了核保护伞就行了，无须大家都来搞它，我们的想法是，目前你们不必搞这些东西……"毛泽东很睿智地回答道："也好，让我们考虑考虑再说。"

很快，毛泽东经过深思熟虑，胸有成竹了，他下定了决心。

1955年1月15日，毛泽东主持召开中央书记处扩大会议时，做出发展我国原子能事业的战略决策。中国发展原子能、建立核工业的历史自此拉开帷幕。会议当天，中南海颐年堂迎来了中国共产党的高层领导人：毛泽东、刘少奇、周恩来、朱德、陈云、邓小平、彭真、彭德怀、李富春、薄一波。李四光、刘杰、钱三强也参加了这次会议。会上，李四光首先介绍了铀矿资源及其与发展原子能事业的密切关系，分析了中国有利于铀矿成矿的地质条件，并对中国的铀矿资源做出了预测。接着，李四光把从广西钟山带来的铀矿石标本拿出来展示……这场会议进行得非常热烈，一直持续到晚上。最后，毛泽东说："我们国家，现在已经知道有铀矿，进一步勘探一定会找出更多的铀矿来。"接着，他又很有信心地说："我们只要有人，又有资源，什么奇迹都可以创造出来。"

于是，中国有了这样一份震惊世界的时间表：

1964年10月16日，我国第一颗原子弹爆炸成功。

1965年5月14日，核航弹空投试验取得圆满成功，从此，我国有了可供实战使用的核武器。

1966 年 10 月 27 日，导弹核武器的试验取得圆满成功。

1967 年 6 月 17 日，我国第一颗氢弹空爆试验成功。

1970 年 12 月 26 日，我国第一艘攻击型核潜艇艇体下水。

……

据王瑶心老人介绍，当年原子弹成功爆炸，让远在千里之外的湖南郴州七一一矿人振奋不已。因为七一一矿所采铀矿与这条消息有着千丝万缕的关系。1955 年 9 月 9 日，我国第一座铀矿在湖南郴县（今郴州市苏仙区）许家洞金银寨被航测发现，这一发现将偏僻的郴县一举推到了中国核工业建设的前沿。之后，来自全国各地的数万名建设者肩负着国家使命，秘密会集在山稠林密、荆棘丛生的金银寨，以超越常人的付出，建起了"中国核工业第一功勋铀矿"，从而开启了改变中国命运的伟大征程。

"当年七一一矿的生产工具基本是以手动工具为主，风动工具为辅。这里当时是荒山野岭，还有疟疾传播。在这样极其简陋的生产条件、极其恶劣的生活环境下，七一一矿老一辈工友为我国第一颗原子弹的爆炸提供了合格的铀原料，充分体现了我们核地矿人'三特别'的精神——特别能吃苦、特别能战斗、特别能奉献。"作为七一一矿转型过程中诞生的华湘社区管理委员会主任的王建民跟我说了这么一番话。他说："'干惊天动地事，做隐姓埋名人'，这就是七一一人，这就是七一一精神。能为此写一本书，便是在传承和弘扬'两弹一星'精神及核工业精神，让红色基因代代相传。相信你笔下还原的一个个真实故事，将赋予我们勇往直前的无穷动力，激励我们不忘初心、牢记使命，奋力走好新时代的长征路。"

听了那么多动人的故事，又被寄予这般期望，于是我动笔了，在一次又一次感动中，为这些来自祖国四面八方，并将青春与岁月交给七一一矿的人记下一段段文字……

这时，我的籍贯也是七一一！

CONTENTS 目录

001　　寻矿奇遇

020　　周总理的问候

037　　歌声中的邝孔圣

054　　发明家修车

067　　熊惠贞和她的丈夫

083　　"共产党员不吃肉"

090　　"精神会餐"侧记

097　　青春的记忆

123　　天下还有这样的妈和爸

140　　"6·16"抢险记

150　　日记中的朱金龙

166   誓言的践行

180   侯启的心愿

189   41 号信箱：与爱有关

202   它们有一个共同的名字，叫"红旗"

210   没"水分"的"水班长"

221   一个有故事的矿嫂

234   女理发师的琐事

242   这里有父老乡亲

251   义务讲解员

260   多彩花絮

302   "七一一：我回来了"

317   后　记

寻矿奇遇

七一一矿，在中国的原子能发展史上是一个伟大的奇迹。20世纪50年代中期，中共中央高瞻远瞩，审时度势，果断决定发展以"两弹一星"为核心的国防尖端科学技术。做出这一伟大决策后，当初又是怎么寻得七一一矿这块"宝地"的呢？回首往昔，历史向我们揭开了它神秘的面纱。

一

1955年9月8日。

广西富钟县（今钟山县），一座简易而又神秘的机场。此刻，机场西侧停靠着一架AH-2型飞机，旁边站着荷枪实弹的解放军战士。

这时，彭竟仁、黄贤增朝飞机走去。他们是地质部三〇九队航空普查分队（即四分队）航操员。吃完中餐，他们直接来到机场。

四分队航测地质员赵树新正在飞机旁等候他们。

赵树新远远地朝他们打了一声招呼，接着，他跟彭竟仁打听道："我们就这样返回基地？有点儿灰溜溜的感觉啊。"

彭竟仁转过头，看了看这个自己已经非常熟悉，甚至有几分喜欢的地方，不由得攥了攥拳头。平时，彭竟仁话就不多。提及这样一个让人沮丧的话题，他更不愿意作答。

黄贤增双手叉腰，无奈地说："苏联专家给出了一个说法：这座花山矿体不具备大型矿床开采的条件，我们的专家也认同这个结论。"

赵树新感叹道："白忙了两个月。"

"是啊，时间打水漂了。"黄贤增无力地附和道。

"也许让我们再探几天，专家的看法会改变。那几个苏联专家怕是水土不服。"赵树新仍不死心。彭竟仁听他这么说，不禁嚷道："如果不是命令，让我们今天必须返回基地，我再探它个七天七夜。不找到铀矿，老子不姓彭！"

昨天晚上，他们接到通知，让他们今天下午 3 点与苏联专家一块返回四分队在湖南衡阳的基地。

他们真不愿意就这样离开富钟县。

过了半个小时，几位苏联专家快步走了过来。彭竟仁、黄贤增和赵树新互望了一眼，没再说话。苏联专家登机后，他们才一个接一个钻进了机舱。

飞机起飞了。

一位红鼻子苏联专家很快跟翻译聊起天来，称湘菜如何好吃，就是太辣了，简直跟苏联伏特加一样刺激。

飞机进入广西、湖南两省交界空域时，突然剧烈晃动起来。

飞行员这时大声叫道："坐好啦，我们遇到一股气流。"

这股突如其来的气流超强。飞机好不容易平稳了几十秒钟，紧接着又颠簸起来，一度急速下降。驾驶舱传来一个坏消息：飞机的方向仪出现故障。

窗外，是一个浓雾迷漫的世界。

黄贤增一把攥住彭竟仁的手。彭竟仁刚才闭上了眼睛，等他睁开眼睛朝苏联专家望去时，发现他们全变了脸色。

"没事。"彭竟仁说道。

忽地，他瞪大了眼睛。这一刻，他发现机载测量仪上出现了淡红色的亮点，紧跟着，测量仪发出了"嘎嘎"的响声。

立刻，机舱内所有人都看着测量仪。

"下面有情况！"彭竟仁大声说道。黄贤增自言自语地说："情况？会有什么情况？"

飞行平稳了许多。红鼻子苏联专家立刻招呼大家打开图纸，标明经纬方位。彭竟仁发现，在这个空域下没有任何标注，哪怕一个村子或者道路的名称都没有。他凭经验判断，下面是原始森林地带。

湖南郴县金银寨铀矿床

　　紧张商讨一番后，黄贤增向基地报告这个"突发情况"。

　　接着，他们一致决定飞机折返到刚才的"异常空域"。

汇集多方面的资料后，他们最终确认，"异常空域"下方是湖南省郴县许家洞区域。

　　仪器发出最强劲、最急促响声的地方叫金银寨。

　　这是一次始料不及的发现。

　　衡阳基地当晚召开专家研判会，开了五六个小时。

　　1955 年 9 月 9 日上午，天气晴朗。

　　彭竟仁、黄贤增步履如飞地登上了 AH-2 型飞机。根据基地命令，普查分队再次飞临许家洞金银寨上空进行航测。在超低空 60 米飞行的情况下，往返飞行四次，在一个伽马射线最强的地方，他们投下了一个挂有降落伞且画有红十字的石灰包。

这是一次定位。

在没有明确的空域和地域资料的情况下，它是一个最直接也最有效的办法。

正是 9 月 8 日这次气流导致的飞机偏航，让普查分队与金银寨偶然相遇。这次相遇，在中国铀矿史上算是"神来一笔"。彭竟仁后来欣慰地说："七一一矿是飞机偏航'偏'出来的。"

基地与金银寨矿区联系的电台 （王吉喆供图）

二

"寻找一个戴有降落伞且画有红十字的石灰包！"

听到刚下达的这道命令，李富兴奋了，身体内的血液刹那间就沸腾起来。

很多年后，李富仍很骄傲地说："找那个石灰包，是我这一辈子最难忘的一件事，是我的荣耀！"

李富，地质部三〇九队二分队的队员。他有一张憨厚的脸，双眼炯炯有神。

对他，二分队队长曾有一句评价："李富就是为中国地质勘探投胎的。"

作为一名地质勘探员，必备的一个素质就是能吃苦。

这种"吃苦"始终被李富当成一种"幸运"。他的"吃苦"精神表现在，就是在他眼里根本没有这个"苦"字。他由于工作突出，不仅多次受到队领导表扬，也被他的同事郭良斌当成了"身边的好榜样"。郭良斌在分队学习会上说道："我们不用去兄弟分队找学习对象。李富早就给我们做了典型示范。他就是我们学习的好榜样！"

在李富的眼里，郭良斌是好兄弟，被他当成兄弟的还有高峰、皮德华、王学增等同事。9月9日，他们接到寻找石灰包的秘密指令。

苏联派往金银寨的找矿专家，中间为山地工程师C.E.卢谦柯（中南地勘局展览馆供图）

这一次，他们将与李富一块组队前往许家洞。

在这之前，他们正在湖南宜章某区域执行找矿任务。接到秘密指令后，他们立即坐车赶往任务执行点——郴县许家洞。

在李富的印象中，他们到达许家洞时，苏联总工程师、总地质师以及中国方面的地质组长黄勋显已经在许家洞火车站铁路工区一个临时指挥部等候他们了。李富后来回忆说："我们的行动速度相当快，好像每个人脚上都装上了马达，但苏联专家和黄组长仍然非常焦急。我们队员的心情其实也一样。谁都想马上找到那个从飞机上扔下来的石灰包。"

这时，黄勋显拿出几张抗日战争时期在衡阳保卫战中缴获的比例为五万分之一的地图，他一边用手指头重重地叩着金银寨的位置，一边简单明了地下达命令："航测飞机在2154这个点发现了异常。你们的任务，就是想办法以最快的速度，在最短的时间内，找到那个石灰包。注意，每两个小时向指挥部报告进展情况。同时，你们要注意收集探测中得到的数据。一定要利用这次机会掌握到第一手资料。"

"是，保证完成任务！"李富与队友把胸脯一挺，朗声说道。

中午时分，他们向金银寨方向出发。用李富的话说，当时就是"我们到达许家洞，屁股还没坐热，便开始执行这个特殊任务"。出发时，队员们每人抓了两个馒头，准备在路上解决来到许家洞的第一顿晚餐。他们随身带足了装备：报话机、找矿仪器、帐篷、干粮和防身、防特的枪支弹药。十几名公安人员跟随队伍，负责全程的保卫工作。

一个小时后，队伍进入金银寨区域。李富爬上山头，极目远眺，不由得被这里的地貌惊呆了。

这时，郭良斌也叫道："乖乖，我们遇上了一座漫无边际、充盈着'瘴气'的原始森林。"

李富后来谈及那次行动时说："那地方好像有数不清的山头，大大小小，很零乱地挤在一块，简直就是一座荒

1955年3月，三〇九队在长沙建立，这是当年的大队部旧址

无人烟、危机四伏的迷宫。我们就是在这座无比陌生的森林中，真切地体验了一次'大海捞针'的艰难。"

还好，他们在进入山区后，请了当地四位罗姓老乡做向导。经过一番分析后，队员们分为两组，向两个方向同时出发进行目标包抄。

李富与郭良斌分在一组。

两个小组从南到北，从东到西，一边劈山开路，一边操作仪器，寻找石灰包的踪迹。这真是一个跋山涉水、爬坡过崖、风餐露宿的过程，即便这般辛苦，却仍不见那个石灰包的影子。

有些队员开始焦急起来，他们嚷道："我们在瞎折腾吧。还不如回宜章去找矿，那里靠谱些。"

李富说："最靠谱的事，就是我们不应该失去信心。"接着，他走到了队伍的最前头。

郭良斌也跟了上去。

"不会被老虎啃了吧。"

有队员嘀咕着。这当然是一句玩笑。但他们已经跟老虎等野兽遭遇过几次了。幸亏保卫人员朝天鸣枪，将野兽赶走了。

郭良斌抬头看看天空，说："莫非降落伞飘回天空上去了？"

李富笑道："老虎啃了，我们把它抠出来；又飘上天了，我们把它扯下来。反正，石灰包又没长脚，它是跑不了的。"

转眼，时间到了 10 月 14 日。

李富这组艰难地抵达了一条叫棉花岭的山沟里。这时是中午时分。组长见队员们都精疲力尽了，便命令大家就地休息，顺便吃点儿干粮。组长很严肃地强调："休息半小时，时间一到，我们立刻行动。"当然没人反对，谁不想早点儿找到石灰包呢！李富和郭良斌没坐下，他们打算去找水源，给大伙打几壶水喝。李富绕过一块大石头，就看到了一股溪流。他奔到溪边，扭开水壶盖，装满几壶水后，便一屁股坐在一棵大杉树下，真是太累了。他想先歇上一会儿，再把水壶提回去。他吐了一口长气，把自己的水壶举起，仰起脖子喝了两口。就在这时，他眼睛一瞪，嘴唇哆嗦了一阵。接着，他触电般地跳了起来，把水壶一扔，异常兴奋地叫道：

"嗨！石灰包在这里！石灰包在这里……"

这喊声响彻了山谷，惊动了其他队员。他们迅速围拢过来。

原来，李富刚才仰脖喝水时，突然发现这棵大杉树上方挂着降落伞，那个画有红十字的石灰包则悬在半空中。

人们立刻欢呼起来。罗姓老乡自告奋勇爬上大杉树，将树枝砍去，再与李富、郭良斌一起将石灰包和降落伞取了下来。

确认是寻找的目标后，他们马上向临时指挥部和长沙窑岭总部报告。

这又是一个奇遇。

后来，专家组把李富发现石灰包的地点命名为：中国湖南郴州金银寨李富矿点。至今，国际铀矿坐标上仍以此命名。

三

三〇九队总部将石灰包找到的消息汇报给上级后,地质部回复:立即通知郴县县委,即日起动员当地村民修两条通往金银寨的简易公路,为设备的运输打开通道,全长17公里;从军区再抽调两个连的兵力,对即将开始的金银寨地质勘探工作加强戒备,严防敌特分子渗入;直快、特快和国际列车停靠郴县许家洞火车站,为中苏专家来金银寨工作提供方便。

1956年1月,三〇九队组建十分队进驻金银寨,探明铀工业储量。

看着眼前这座大山,皮德华的眉头却皱了起来。

这位技术员,与普查分队其他队员一起进入金银寨,

1955年,苏联专家到达郴州许家洞火车站,前来金银寨指导工作(中国地质博物馆供图)

任务只有一个：通过普查，探明铀矿储量信息。在动员会上，二分队队长说："行动已经开始了，但最后要看我们的普查成果，决定矿区是否适合大型掘挖。这是成败的关键。所以，我们要用一万个认真去做这次普查工作。"

普查队伍中，皮德华算是一个年轻的专家。

他当然年轻，前几年才考上大学，但这书还没念完，就有一位特殊身份的人物把他找进一间密室谈话。在这里，对方跟皮德华强调，不得向任何人透露相关内容。皮德华没有犹豫，当即答道："需要我马上参加工作，我同意。"几天后，他就成了一名地质普查技术员。称他为专家，也是名符其实。在普查中，他多次提出合理化建议，甚至改进了一些普查方法，普查分队上上下下已经把他当成了专家。

所以，动员会刚结束，二分队队长就伸手拍了拍皮德华的肩膀，问道："小皮，有没有信心？"

"没问题！"

"我知道没问题，但你一定要做表率。"

"明白。"

普查分队进入金银寨原始森林区域，然而他们忙碌了好些天，仍然没能获得理想的数据。

"难道给出的航测资料不准确？"

一位姓王的普查员嘀咕道。

他忽地抬手，狠狠地拍了自己脸上一巴掌。再看巴掌，一只硕大的山蚊子被他拍成了一团血糊糊。

皮德华问道："今天拍死几只蚊子了？"

"十几只了吧。厉害了，这千年小妖叮一口，红肿斑点三五天也不消失。他们说，你是山蚊子的老祖宗，它们不咬你。"

这话当然夸张了。皮德华的脸上，也有几十个红肿斑点。普查分队队长说道："皮德华同志一旦进入工作状态，山蚊子咬他，他也不在乎。"

"哪怕老虎、豹子跑出来咬他，他也眉毛不皱一下。"有一个队友调侃起来。笑声中，队友们冲皮德华伸出了大拇指。

皮德华也笑了。

他是一个很乐观的人。同事们早已熟知他的一句口头禅："最能解除疲劳的灵丹妙药，就是你哈哈哈开口大笑。"

但皮德华这时不想笑。他没有怀疑航测数字是否有问题，却因这种非常缓慢的普查进度感到焦虑了。

他跟普查分队队长说道："集中普查，涉及面有限。不妨分兵作战，既可扩大普查区域，又可加快速度。这样可能获得'东方不亮，西方亮'的效果。"

普查分队队长刚刚又被临时指挥部询问进展情况，他觉得压力越来越大。他很无奈地向指挥部报告："进展，进展，哪怕进展有一点点，我也会在第一时间报告。"听

找矿地质队员工作照（中南地勘局展览馆供图）

到皮德华的建议，他当即同意。同时，他明确要求，各自勘察的区域不得相隔太远，太阳落山时，每个人回到指定集合点。皮德华与一位姓李的队员组成一个小组。

到了中午，皮德华与李姓队员一块啃馒头时，说："我俩再拉开一点距离。""不会有危险吧。"李姓队员有点儿担心。皮德华说："做这种普查工作，不冒点儿险，还能得到一个啥东西？"李姓队员点了点头。皮德华开始单独行动。就在他往前爬了两个又长又陡的坡后，仪器中显示伽马射线的指针不断摇晃。他当即兴奋了，顺着仪器数据的指向，不断调整自己的行进方向。

突然，他发现天色已晚。

他这才想起，自己耽误了前往集合点的时间。而且，他无法确定自己返回的路径。不过，他没有沮丧。因为他发现一束月光从树梢间漏了下来，这可以让他继续操作仪器。

他紧张地工作了整整一个通宵。

第二天，太阳挂在天上时，皮德华也没抬头看一眼。

就在这时，"砰"的一声枪响传来。

皮德华被枪声惊到了，忽地跳了起来。紧跟着，他张大嘴巴。原来，他发现自己脚后跟旁竟然趴着一条眼镜蛇。

眼镜蛇软软地趴在地上，死去了。

它的脑袋刚刚被一颗子弹击中。

"皮德华！"

一个穿军装的男子举着枪跑了过来。他叫李向阳，是一名骑兵，也是一名百发百中的神枪手。前不久，他刚被组织上紧急抽派到许家洞担任武装保卫工作。

刚才这一枪便是李向阳开的。

原来，皮德华没有按时归队，又无法取得联系，这事惊动了临时指挥部。临时指挥部马上下达命令，绝对不能让这个"宝贝"有半点儿闪失。武装保卫队员连夜搜山。直到第二天上午，李向阳才发现了一个熟悉的背影。他正要向皮德华喊话，却发现一条粗壮的眼镜蛇正准备扑向皮德华的小腿，李向阳忽地举枪瞄准，果断扣下扳机。

这时，皮德华才明白自己刚才遭遇到了多大的危险，他当即长长地吁了一口气。

"兄弟，没问题吧？"李向阳紧张地问道。

皮德华却很兴奋地嚷嚷道："我找到了！我终于找到了！就是这个地方，它有大量高强度的伽马异常。"

中苏专家得知这一消息后，立刻带领普查分队携带大批仪器和机械设备，翻山越岭赶到异常点。经过对两处地表进行揭露性勘探，终于发现该地区的硅化带中有一大批

地质勘探队员拿仪器在金银寨找矿（七一一矿工业文化实践教学基地展馆供图）

中央人民政府地质部三〇九队十分队在郴县许家洞金银寨棉花岭发现四米长的铀矿带。图为十分队领导来到钻机施工现场，向职工们宣读贺信

具有开采价值的次生铀矿。

这个地方后来成了七一一矿的主矿带。

1957年10月，第一份铀工业储量报告送到北京，周恩来总理亲自批准411-1工程为国家"二五计划"重点工程。1958年5月，411更名为湖南二矿，邓小平亲自批准建设湖南郴县铀矿。1964年1月1日，湖南二矿更名为国营七一一矿。从此"711"这个神秘的代号，伴随着中国第一座铀矿长达40年。

周总理的问候

"共和国谢谢你们，也谢谢你们这些家属！"

这一句充满深情、充满温暖又充满力量的话是谁说的呢？

周恩来总理。

1969年12月下旬，二机部在北京召开首届学习积极分子代表大会。1970年1月2日，周恩来总理在北京京西宾馆亲自接见了大会代表。之后，周总理召集部分代表进行座谈。周总理落座后，目光炯炯地扫视了一遍会场。接着，他右手拿起一支铅笔，左手拿过一本代表名册翻开看了看，大声问道："哪位是武秀芝同志？"

总理的话音刚落，坐在后排的武秀芝忙站起身来，激动地大声说："我是武秀芝。"

"是你呀，你过来一下！"周总理向她招了招手。武秀芝愣了一下，赶紧快步走到周总理面前。周总理站起身，亲切地问道："你是三〇九队十分队的家属？"

"嗯。"

"你丈夫叫朱顺波？"

武秀芝连忙回答："是的，是的。我丈夫就是朱顺波。"

周总理握住她的手说："三〇九队十分队的情况，我了解得很多，你们为国家找铀矿死了很多人，共和国谢谢你们，也谢谢你们这些家属！"

武秀芝满含热泪地说："谢谢周总理！祝总理身体健康！"

这时，武秀芝的丈夫、三〇九队十分队的队员朱顺波因长期下井采矿引发矽肺病，已经离世九年多了。武秀芝怎么也没想到，日理万机的周恩来总理一直牵挂着他们。正是感动于武秀芝以及那些工友的事迹，我曾写过一篇文章，题目便是《站在她身后的"千米英雄"们》。

这个"她"是武秀芝，也是所有工友的家属。

"千米英雄"这个充满大无畏气概的荣誉，产生于"千米钻机万米队"竞赛活动期间。1958年初，三〇九队十分队响应党的号召，奋发图强，知难而进，实现了许家洞钻探工程的重大突破，在新中国创业史上写下了浓墨重彩的一笔。队员们做出的努力是巨大的，不但流血流汗，有的还付出了生命的代价。朱顺波、潘子和、钱海青、吴合明、蒋平富、彭立丁、邝孔圣、李子如、耿显廷、李华源、欧召正等，便是这一英雄群体中的优秀代表。

当年，很多观众追捧由李幼斌、萨日娜、宋佳等主演的电视连续剧《闯关东》。这部电视剧演绎了一部波澜壮阔的迁徙史，生动地讲述了以山东人士朱开山和他的三个儿子为主的平民英雄的创业故事。剧中洋溢着寥廓而雄健的气息，尤其是那阳刚之美感动了观众。

朱顺波的祖父就是"闯关东"的山东硬汉之一，并且在吉林桦甸成家立业。当时，他的祖父靠卖力气，进了当地"金把头"开挖的桦甸二道甸子金矿当苦力。桦甸县解

1963年启用的三〇九队十分队许家洞办公大楼旧址（陈贵郴供图）

放后，二道甸子金矿被收归国有，朱顺波的祖父及其工友们也不再受"金把头"的压榨，当家做了主人。那时，朱顺波是一个勤奋好学的小伙子，又得祖父"真传"，年纪轻轻就掌握了采金秘诀。如何看龙口、测金脉、定金线，以及如何应对坑道塌方、透水事故等，都被朱顺波学到手了。朱顺波年纪轻轻，口碑却非同一般。1956年7月，中南地勘局来到桦甸县，招录成熟的坑道技术工人。二道甸子金矿的领导直接找到朱顺波，希望他带领骨干力量组成掘进队，前往湖南为国家做一件大事。朱顺波得知需要自己为国防事业出力时，二话没说，当即拍着胸膛答应下来。没过几天，朱顺波就带着自己挑选的26名矿工坐上了南下的火车……

朱顺波的毅然抉择，让他把父辈"闯关东"的英雄豪气带到了南方。

朱顺波抵达许家洞的当天，即跟党支部书记和掘进队队长李彦朝见了面，他说的第一句话是："俺没什么文化，只知道干活儿。从今天开始，党需要俺干啥，俺就干啥。"

接着，他把自己带来的26名矿工集中在一起，说："咱们大老远地跑到这里来，就是为国家出力的，咱们有的是力气，咱们会挖龙口，一定为国家挖出'宝贝疙瘩'！"

矿工们被他说得热血沸腾，纷纷表示："俺们就是吃这碗饭的！现在日子好啦，不愁吃，不愁穿，这些都是咱共产党给带来的，咱得好好干，早日完成国家交给的任务。"

很快，从全国各地抽调来的人员被集中起来，组成了一支掘进队伍，朱顺波成了这支特殊队伍的骨干。

金银寨坑道作业正在紧张推进。

掘进到 90 米时，坑道顶部突然发生坍塌事故，大量的岩石滚落下来。刹那间，坑道和掘进设备被乱石全部掩埋。苏联坑道专家 F.H.维斯达科娃经过勘探后，无奈地说："这条坑道算是彻底报废了，只能从另一个侧面再掘进。"苏联物探技术员 J.I.M.达吉什维里与三〇九队副大队长马枫、掘进队书记李彦朝进行了一番沟通，马枫、李彦朝即便不赞成 F.H.维斯达科娃的意见，却一时也拿不出对策。

"马队长、李书记，目前这个位置与矿带仅有 30 米的距离，如果放弃，太可惜了。"说这话的是朱顺波。

马枫看了朱顺波一眼，问道："你有什么好办法？"

朱顺波说："在咱老金沟，这坑道塌方也算是一件常有的事。咱也有解决的办法——加个木龙道，通过就行，也用不着糟蹋那钱。"

F.H.维斯达科娃不相信地问："有这么简单吗？"

朱顺波嚷道："俺做不成这事，俺滚回东北老家去。"

得到同意后，朱顺波带领工友上山砍下圆木，然后用它们做柱梁。在随时有岩石滚落的坑道里，朱顺波冲在前方冷静指挥，工友们一组一组地安装柱梁，一米一米地向前突进。看到这个场景，F.H.维斯达科娃和 J.I.M.达吉什维里无比惊讶。他们知道，这种"土办法"其实是一种勇气与精神的体现。于是，苏联专家给朱顺波竖起了大拇指，夸他是"一个从天上来的大能人"。经过 20 天的艰苦努力，朱顺波和工友不仅排除了险情，而且成功地将坑道掘进到了目标点。

J.I.M.达吉什维里对朱顺波说："我真希望把你带到我们苏联去。在那里，你会得到更大的发挥。我想，还用不着你去钻坑道。"

苏联技术专家（中）在井下指导工作

朱顺波说："我是中国工人，这辈子哪儿都不去，就在许家洞干上几十年。哪怕要我天天钻坑道，我也开心，因为我在给自己的国家干活儿。"

这天，队里召开职工大会。

书记李彦朝说："在这次抢险活动中，朱顺波工长表现突出，不光体现出了经验的价值，还展现了他的勇气。我们掘进队所有队员，都应该向他学习，向他看齐！"

热烈的掌声响了起来。

"李书记，我有话说！"朱顺波忽地站了起来。

李彦朝笑道："顺波同志，你可别谦虚了。我刚才说的这番话，是代表党支部给了你一个实事求是的评价。"

"我、我还是想说几句。"

"好，你说吧。"

朱顺波看了看身边的工友，摸摸脑袋说："李书记，俺这个组里有几个工友已经是党员了，俺这个工长倒还不是，俺不能当后进——"

"你想加入党组织？"

"是的，俺就是想入党。您看可以吗？"

"这是好事呀，我们已经等你多时啦。"

听到李彦朝这句话，朱顺波非常兴奋。他当即从自己的衣兜里掏出一份早已写好的入党申请书，双手递给了李彦朝。

很快，朱顺波成了一名共产党员。

"怕死怕累，俺还入党干啥呢？"

朱顺波说这句话时，正值三〇九队十分队在开展"千米钻机万米队"的掘进竞赛。作为工长，朱顺波索性把铺盖搬到坑道口交接班房指挥作业。速度第一！这是他的目标。在坑道放炮后灰尘还没有散尽的情况下，朱顺波就带领工友冲进巷里除渣。朱顺波第一个脱掉简易防尘口罩和衣裤，光着身子就干起来。这时，有人提醒朱顺波："粉尘窜进鼻孔，粘到鼻毛上，会让你呼吸不畅的。""这算什么呢？只要这活干得顺畅，我们不拖国家后腿，别的都是小菜儿。"朱顺波当即回了一句。

榜样的力量是无穷的。

看到工长这般刻苦作业，很多工友都跟着"轻装上阵"。

如果用一个成语来形容当时的掘进场景，那就是热火朝天！

当然，朱顺波没想到自己突然开始咳嗽，而且越咳越重，甚至呼吸也出现了困难。李彦朝得知这一情况后，让人马上把朱顺波从坑道里带出来。但朱顺波说："还有两个多小时才下班。"言下之意，他下班后再去见李彦朝。李彦朝听到这个回话，自己钻进了坑道。在隆隆的钻机声中，李彦朝下达命令："明天你朱顺波必须去医院检查。"朱顺波虽然答应了，但还是拖了一个多月。朱顺波去医院拍片检查后，被确诊矽肺病晚期。这年是 1961 年。

医生问道："你这病，应该早就呼吸困难了，怎么今天才来检查？"

"我是工长，怎么能随随便便离开岗位？"

"但这是要命的病。"

"我们挖不出'宝贝疙瘩'，才会要了我们的命！"

虽然，朱顺波一直要与时间赛跑，但随着病情日渐加重，他不得不躺在病床上。在与妻子和前来看望他的工友告别时，朱顺波并没有悲伤和遗憾。他很乐观地宽慰大家说："人总是要死的，咱们是共产党员，咱为中国找到铀矿，为咱中国人争了气，为毛主席争了光，死了也值得。"

这时，潘子和流下了泪水。他与朱顺波一块儿从桦甸县来到许家洞，又一块儿在这里创业，他们之间的感情非常深厚。他紧紧地握着朱顺波的双手，说道："我的好兄长，你放心，我潘子和，还有我们掘进队的其他队员，一定会完成毛主席和国家交给我们的任务。"

潘子和却没想到，他在第二年例行检查中也被确诊为矽肺病晚期。

他同样是十分队一个具有传奇色彩的人物。

有一次，潘子和晕倒在坑道里。被扶出坑道口后，他呼吸了点儿新鲜空气，稍微清醒后又要冲进坑道，在场的几位工友将潘子和拦下，说："老潘，等明天再进去吧。""明天有明天的任务。今天没完成的任务，明天补不回来。"
潘子和说道。在工友们的强制下，他休息半个小时后，再次进入坑道。

结果，他推迟了半个小时才下班。

他的这一举动，让工友们唏嘘不已，也让工友们非常敬佩。

那时，他的女儿潘凤芝正在长沙第九中学读书。刚好遇到假期，潘凤芝便坐火车赶往许家洞，想看一看父亲潘子和。她拿着证明通过一道道岗哨，往山上匆匆走去，很快来到了坑道口。她想给父亲一个惊喜，因为这是她第一次跑到坑道来见父亲。很快，一位满脸灰尘、光着膀子的中年男子出现在她的眼前。

"凤芝！"

这个男子叫了一声后，潘凤芝才知道他就是自己朝思暮想的父亲。

"爹……"

潘凤芝的嘴唇哆嗦着，泪水忽地涌了出来。

接着，她不顾一切地扑上去，紧紧地抱着自己的父亲。

"闺女，你怎么了？"

潘子和当然是在明知故问。

潘凤芝没答话，她抱着父亲的双臂一直没有松开。

后来，潘凤芝回忆："我与父亲这一次见面，刻骨铭

井下施工

心，让我一辈子也难以忘却。我记得，父亲被查出矽肺病晚期后，只要身体好受一点儿，仍会坚持下井道去查看，跟领导提出一些合理化建议，也帮助工友们解决生产中的一些问题。工友们总是劝他回去休息，他每次都说，没事！没事！"

潘凤芝更是记得，父亲去世后，三〇九队党委书记和队长亲自为她父亲抬棺……

当时，看到那个场景，不知道多少人掉下了眼泪。

这一幕也让更多工友有了更强烈的使命感。他们想，要争分夺秒地为国家做贡献。

这天，钱海青与彭立丁偷偷商量，下班后再返回坑道多干几个小时。他俩觉得自己的体质好，应该为队里多做些贡献。第二天上班时，工友们发现坑道不知何时被人往前掘进了几米，但谁也没吭声。下班后，钱海青和彭立丁再次走进坑道加班时，却发现坑道里早有四五个工友在进行掘进。

这些英雄的故事一直流传到今天。

2024年，罗南凯已经九十多岁了。

当年，罗南凯在十分队修配厂上班，在这之前，他是武汉造船厂的一名高级技工，焊接水平很高。有一天，罗南凯去医院探望一个因矽肺病住院的老乡。离开医院时，他的心窝中一直有一股子压迫感。这时，他遇到修配厂的一位领导，领导见他很沮丧的样子，便问他有什么心事。罗南凯便说了去医院探望患病老乡的情景。他说："真没想到，这个高个子老乡也会因矽肺病躺进病房里。"这位领导也是一番唏嘘，说："坑道工区都要赶进度，也顾不上粉尘。最关键的是苏联专家走了，设备也搬走了，材料都不供应给我们了。我们这些工友付出的代价太大了。""如果我们的钻探设备也能先进起来……"罗南凯忽然间有了想法，这位领导看出了罗南凯的心思，当即鼓励他："你脑子好用，说不定你仔细琢磨，真能改进设备，降低粉尘。"罗南凯从领导的脸上看到了信任，也看到了期待。他当即攥攥手，说："坑道里的钻机我知道不多，但我可以试试看。"

于是，罗南凯第二天就下了坑道。

一连半个多月，罗南凯天天蹲在坑道中看工友们作业。当看到工友们不顾粉尘弥漫而专注作业时，他给自己下了一道"死命令"：哪怕自己少活十年八年，也要帮坑道内的工友们解决降尘的难题。

在充分了解坑道钻机的工作原理和使用方法后，罗南凯发现钻机之所以粉尘大，是因为钻头边水的压力太小。他立刻回到修配厂，在废料堆里找到了一台报废的苏式老钻机。经过反复琢磨，终于找到了一个方法。钻机顶端被他小心翼翼地钻了一个孔，接着运用武汉造船厂使用过的水针机原理，在钻机边设计了一个由大到小的喷水口，水泵上再焊接一个管子直到水针机接口，这样水泵一开，高压的水即可喷射到钻头上。经过反复试验，罗南凯终于成功了。很快，罗南凯的发明让坑道里的粉尘得到了有效控制。

工友们纷纷向罗南凯表示感谢。

罗南凯发明的降尘水针钻，在坑道中一直使用了七八年。这项成果当时还在全国得到广泛推广，也因此，罗南凯被评为劳动模范。

这时，罗南凯却深深地叹口气，说："我的水针钻要

三工区全景图

是能早一点儿发明出来，朱顺波、潘子和他们就能与战友们肩并肩把坑道掘进得更深更远……"

如今，蒋平富、吴合明等人在 1958 年获得的个人奖状已经被摆在展馆里，我们从中可以感受到当年十分队队员奋不顾身的精神。奖状上写道：

蒋平富同志：

在为千米而战的运动中，你表现了工人阶级的顽强斗志，为本队及祖国的勘探事业，争得了光荣，特誉为千米英雄称号。"

三〇九队十队三工区

1958年，吴合明收到中共三工区支部委员会的慰问信：

吴合明同志：

一九五八年九月在祖国的南方群山之中，有一支英雄工人队伍。他们在坑道掘进中发起千米之战突破了千米，战绩辉煌，在祖国勘探事业上，立下了丰功伟绩。这支英雄队伍的名字是红旗、上游和干劲等，三个生产突击队。英雄们的名字，在我队山地工作历史上将永远发光。

为祖国争光，为社会主义立功的庄严口号，鼓舞着他们在为千米奋斗的战斗中，表现了工友阶段勤劳勇敢和勇于克服一切困难的高贵品质和为千米奋斗的坚定不移的决心。不破千米誓不休；"轻伤不下火线，小病不请假"；岩石再硬，硬不过英雄的心，为千米献计、献工争光荣……他们的誓言、决心、保证都付诸实现了。

昼夜不停，分秒必争，风钻声隆隆，似炮响亮的声音，英雄们为分寸而争，协作的热情显示了工人阶级的共产主义风格，已登高峰。

英雄们！希望你们再接再励，不骄不燥，以不断革命的行动再创奇迹，攀登祖国勘探事业的最高峰。

祝你们永远前进，永远都是英雄。

光荣归功于党和毛主席的领导英明。

光荣属于你们——为千米而战的英雄。

獎給為千米而戰的英雄們：

吴合明同志：

一九五八年九月在祖国的南方军山之中，有一支英雄工人队伍。他們在坑道掘进中发起了千米之战突破了千米，戰績輝煌，在祖国勘探事业上，立下了豐功偉績。这支英雄队伍的名字是红旗、上游、和干勁等，三个生產突击队。英雄們的名字，在我隊山地工作歷史上將永远发光。

为祖国爭光，为社会主义立功的莊严口号，鼓舞着他們在为千米的战斗中，表现了工人階級勤劳勇敢，和勇于克服一切困難的高貴品质和为千米奋斗的堅定不移的决心。不破千米誓不休"輕伤不下火綫，小病不請假"；岩石再硬，硬不过英雄的心，为千米献計，献工爭光榮……他們的誓言，决心，保証都付諸实现了。

昼夜不停，分秒必爭，风鑽声隆隆，似砲响亮的声音，英雄們为分寸而爭，协作的热情显示了工人階級共产主义风格，已登高峰。

英雄們！希望你們再接再勵，不驕不燥，以不断革命的行动再創奇跡，攀登祖国勘探事业的最高峰

　　祝你們永远前进，永远都是英雄。

　　光荣歸功于党和毛主席的领导英明。

　　光荣属于你們——为千米而战的英雄。

　　　　　　　　　中共三工区支部委員会赠

　　　　　　　　　　　　一九五八年十月一日

中共三工区支部委员会给吴合明的慰问信

吴合明后来回忆："收到这封慰问信，我连续读了三四遍。我完全明白了，原来我们是在干一件前无古人的工作，一件祖国赋予的神圣使命。"

就在英雄们获得奖状、收到慰问信的同时，十分队正式向国家提交了第一批郴州许家洞金银寨铀矿工业储量的报告，当时是 1957 年 4 月。1958 年，经国家批准，正式创建七一一矿。启动"四一一工程"，1964 年更名为七一一矿。

在三〇九队以及七一一矿发生的这些事，周恩来总理一清二楚。所以在那么特别的时刻，周总理代表中华人民共和国感谢三〇九队十分队队员及其家属。

那天，武秀芝从北京回来了。

她走进家里的第一件事，就是对着丈夫的照片进行了一番深情的讲述。她讲了自己对北京的印象，讲了自己看到的祖国大江南北的变化，讲了自己得到的关怀。她说："顺波，谁也没有忘记你，没有忘记你的战友！你，不仅活在我的心中，还活在我们敬爱的周总理的心中……"

三〇九队十分队队员听到武秀芝转达的周总理的问候，都热泪盈眶。他们纷纷把手伸向武秀芝，这一刻，他们仿佛也握到了周总理的手。

歌声中的邝孔圣

党总支号召传遍全队，

为千米而战！

为千米而战！

追赶英美，

快马加鞭，

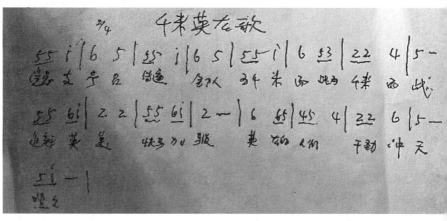

邝孔圣手写的《千米英雄歌》简谱

英雄的人们干劲冲天

嘿嘿……

在采访邝孔圣时，我感到非常惊喜。这位老工友年近九十，是三〇九队十分队"千米英雄"团队的一员，他不仅能哼起当年在三〇九队广为传唱的《千米英雄歌》，还拿起钢笔，为我记下了歌曲的简谱。身为长者的他，记忆力可以折服年轻人。此刻，我更敬佩那个时代，让这些英雄拥有如此刻骨铭心的记忆。

他的回忆、他嘹亮的歌声，化作一对翅膀，插在我身上，让我随着这位老工友穿越历史，去触摸那段历史岁月中的特殊时刻。

一

邝孔圣说，他这辈子最难忘的一件事，就是能亲自参加那场"千米大会战"。一个月内，一支队伍要实现掘进1000米，在当时称得上是一个世界级难题。然而，新中国的地质队员们在金银寨创造了奇迹。目睹这一切，苏联援华专家不由得发出一阵惊叹："只有中国地质队员才有这股勇气，这种能力！"

在接受我的采访时，邝孔圣特意找出他当年获得的一枚徽章，上面刻着一行文字："首创坑道掘进世界纪录纪念章。"他记得，在十分队比武誓师大会上，他代表自己的班组上台发了言。

那是一个露天大舞台。邝孔圣站在大舞台中心。他首先大声地朗诵了自己头一天晚上想好的一首"打油诗"：

你追我赶争红旗，
大战千米比高低。
我们本是英雄汉，
这次竞赛我第一……

接着，他说道："我们听了党总支关于开展'千米大会战'竞赛活动的动员报告之后，全班队员认真讨论，一致表示，我们在这次竞赛中，将努力拼搏，不惜一切代价，也要保证超额完成任务，争取进度第一。"

最后，他冲台下的班组队员们大声问道："是不是这样？"

班组队员们当即举起右手握成拳头，齐声回答："是！"

邝孔圣接着问道："我们有没有信心？有没有决心？"

队员们再次高高地并且很有力量地挥起拳头，异口同声地说："有！有！有！"

说到做到，邝孔圣所在的班组全力投入了这场竞赛。

邝孔圣记得，当时竞争非常激烈。为了体现公平，实行"缴枪"规则。其实，"缴枪"是工友们一个形象的说法。到了交班时间，上一个班组如果没清理好工区矿渣，工作量就要"无偿"计入下一个班组。每个班组只能在属于自己的时间段内完成所有工作程序，否则犯规即罚。

　　邝孔圣说："当时班里为抢进度，抓作业量，保证能

1958年12月，地质部三〇九队十分队举行"千米进尺、万米队"表彰大会，100位千米英雄在凯旋门下合影（陈贵郴供图）

夺冠，我们会提早一个小时抵达坑口。在交接班前，我们充分做好一切准备，保证一进坑道里，即可开工，绝对不浪费一秒钟。同时，每天都要开一个班前会，分析头一天工作中积累的经验，也会找出问题。会上说话，我们都很不客气，什么问题就是什么问题、谁的问题就是谁的问题，没人顶撞，也没人反驳，哪怕被当场批评了，也会口服心服，反正我们就是一个共同目标，为班组争第一做出自己最大的贡献。"

有一天，邝孔圣被石头砸伤了。

班长帮他包扎好伤口后，劝他出井休息，但他一起身，又提起了钻机。

"看到进度上不来，我们都很着急。怎么办？我们就内部展开讨论。既然搬不动神仙老子，我们自己想办法。我们毅然采用打'干钻'上速度。"邝孔圣说话，总能调动我的情绪。

我即问："什么叫打'干钻'？"

"传统方法是打'水钻'，即一边钻孔，一边喷水。这种方法没有粉尘出现，但速度较慢。顾名思义，'干钻'就是'旱钻'，不往钻孔中喷水，这样省人工，进度也明显加快，但粉尘很多、很浓。"

"也有危险吧。"

"我们算是违背了操作规章。可当时我们想，国家把

采场钻孔

神圣使命交给了我们，就是希望我们早点儿为国家找到铀矿。这本来就是一场'战斗'。打仗，怎么会没有人受伤？会没有人牺牲？受了伤，牺牲了，也光荣呀。一不做，二不休，我们不仅打'干钻'，把口罩也脱掉了，这叫轻装上阵。结果，一个班上下来，整个身子，包括脸，都是乌黑的，连嘴唇和牙齿都像染了墨汁，整张脸上只能看到眼珠子在转动。"

我这时才明白，当年这批地质队员的行动不就是给"为有牺牲多壮志，敢叫日月换新天"一语做了最生动的诠释嘛！

邝孔圣清楚地记得，当时每个月都有主题竞赛活动，如一月开门红，二月龙抬头，三月登高峰，四月向"五一"献礼，五月大战红五月，六月向"七一"献礼……

"有了主题，我们每个月都能斗志昂扬！这叫加压奋进吧。"邝孔圣说。

时至今日，当年的很多场景，邝孔圣都记忆犹新。

有一次，邝孔圣参加会议，在坑道里少上了半个班。待同班工友下班后，他回到井下补了半个班。

我问："这半个班的工作量算哪个班的呢？"

"不算我们班的工作量。"邝孔圣答道。

"这等于你帮了兄弟班组的忙。"

"但我们班里没哪个人有意见。不管怎么竞赛，我们的目标是一致的，对吧？"

我点点头。刹那间，在他这句似乎轻描淡写的回答中，我看到了一种集体主义的胸怀。

　　邝孔圣说："哪怕不搞竞赛活动，我们同样会加班加点。在当时，加个班就是家常便饭的事。我好几次被评为先进分子，就是因为我加班次数最多。有时候加半个班，有时候加一个班，甚至加两个班。当时一个班上六个小时。加两个班，干满十八个小时。那时真是在拼体力。有两三次，我在上班时突然双眼一黑，栽倒在钻机跟前。醒来后，我仅仅靠在坑道上休息半个来小时，起身又继续干活儿。我那时只有一个信念，加班光荣，不加班可耻。我在班组会上把这句话说出来，说这话我并没得罪人，哪个工友不加班呢？"

　　"很辛苦的事！"

　　"但听到钻机声，我就不觉得累。你可能没进井下听过钻机声吧？"

　　我如实回答："没有。"

　　邝孔圣露出一股无限向往的神色，说道："知道吧，那股充满力量、充满节奏的钻机声，让我充满激情。这个声音，就是世界上最美的一种旋律……"

二

在采访过程中，我有一个深刻的印象：邝孔圣是一个非常乐观的人。

邝孔圣很直率地答了一句："我们乐观，因为我们有信仰。七一一矿，是我们用乐观主义勘探出来的。"

也因此，他特别喜欢《千米英雄歌》这首歌曲。他介绍，这首歌是三〇九队小王志兴的作品。称他为小王志兴，是因为队里还有一个王志兴，两人同名同姓。年龄稍大的

三〇九队十分队许家洞俱乐部旧址（陈贵郴供图）

王志兴，是做翻译工作的，被同事们叫成"大王志兴"。小王志兴则是学测量的，后被称为"新中国最早的测量专家"。小王志兴吹拉弹唱样样行，在三〇九队被称作"文艺首脑"。当时在组建管弦队的同时，队里还成立了一支由工友组成的湘南文工队。邝孔圣便是其中的一员。或许，邝孔圣性格开朗，跟他的文艺爱好有密切关系。我这个猜测，邝孔圣表示认同。每天从坑道出来，他匆匆洗完澡，换上干净衣服，便去参加排练。他说："当年我报考学校时，填报的就是戏剧学校。考试后我便外出打工了，投寄录取通知书又不太顺畅，结果这书没念成。我能唱歌，能跳舞，也能演戏。队里党委书记后来说，这个邝孔圣，他不上戏剧学校，真是浪费了一个大人才。"

当年没进戏剧学校，却没让他沮丧。

他说："三〇九队，还有七一一矿，是我这辈子遇到的最好的人生大舞台！"

当时，邝孔圣成了小王志兴的助手。小王志兴常常找邝孔圣一块儿琢磨词曲，邝孔圣时常还要试唱一番。

邝孔圣说："我最喜欢唱的是另一首歌，叫《地质队员之歌》。这首歌是队里另一个大学生的作品。"

他把这首歌的词背了一遍：

我们是快乐的地质队员，

祖国的大地全跑遍，

跨过黄河，

越过天山，

渡过长江，

来到岭南，

为把社会主义建设好，

我们越干越快乐。

祖国的大地任我走哎，

高高的蓝天当帐篷，

开大地把矿找，

实现国家工业化……

邝孔圣回忆说："那时，我们在每一个日子，都要做好受伤甚至牺牲的准备。在那个坑道中，又有哪位工友没受过伤呢？但我们不害怕。有一个刚来的小伙子，他第一次随工友们下井时，看到这坑道里黑咕隆咚，一种无形的压抑感让他喘不过气来。我说，我教你唱一首歌。在井下，他学会的第一首歌，就是《地质队员之歌》。他哼唱第一句歌词时，工友们陪着他唱响了。这首歌曲还没唱完，小伙子那张脸就不再僵硬，露出了笑容。从与他一块合唱的队友那里，他获得了自信，获得了力量。我们的坑道里，每天都有歌声响起。"

后来，这个新下井的小伙子成为湘南文工队的独唱演员。

我问邝孔圣："你是他的老师吧？"

"他比我唱得更好。他天赋不浅呐。"

在邝孔圣的脸上，我看到了一种真正的谦逊，更有一种岁月打磨的从容。

除了唱歌，邝孔圣平时也喜欢打篮球。他个头小，却跑得快，又很灵活。他说："我就像鱼池那尾滑鲇鱼一样，能把整个球场调动起来。"

也许是因为邝孔圣的球技好，组织能力又强，他担任了工区篮球队队长。

邝孔圣还喜欢找人下象棋。他代表单位参加象棋比赛，好几次都获得了好名次。

他说："只有热爱工作的人，才会有好的业余爱好；有了业余爱好的人，才会热爱本职工作。"

我蓦然觉得，他这句话说得多么好呀！

三

在我采访邝孔圣时，一直陪着坐在他身边的邝孔圣的夫人陈聚环跟我提及一件事。

"我和老邝金婚那年，孩子们在酒店摆了几桌酒席。

那天，坐在很丰盛的酒席上，看到这热闹的场景，我忍不住跟孔圣说了一句话，'我做梦也想不到，你会陪我这么多年啊'。当时，我真的流下了泪水。"

陈聚环清楚地记得，1964 年在老乡的撮合下，他们俩人建立了关系。她的表哥见过邝孔圣后，回家跟她说："邝孔圣这人蛮老实，蛮本分，稳稳当当端着一只摔不碎的饭碗。"言下之意，这人靠得住。大嫂却跟她嘀咕了一句："这人很小气。"

陈聚环听懂了大嫂的话。跟邝孔圣见过几次面后，陈聚环终于找到邝孔圣小气的原因，就是他手上没几个钱。

但陈聚环觉得这人不错，仍是下决心嫁给了他。

邝孔圣后来经常说："娶她，我对不起她。那时候，一件新衣服都没给她买。"

陈聚环并没责怪邝孔圣。而且婚后，她一直护着邝孔圣。她说："人家当时说，邝孔圣花四毛钱，就娶了一个漂亮老婆。这不准确。应该是花了十五块四毛钱娶了我。四毛钱，打了一份结婚证。邝孔圣给了我母亲二十块钱，算是彩礼。但我从母亲手上又要回了五块。我想自己身上要有点儿零花钱。刚结婚，真不好意思跟他要吧。"

陈聚环万万没想到，婚后不久，邝孔圣就被医院确诊为矽肺病患者。

真是晴天霹雳！

邝孔圣当然知道，所谓矽肺，又称为硅肺、硅沉着症，是一种尘肺病类型。他患这种疾病，跟他长期从事井下打钻工作有密切关系。

陈聚环偷偷地流下了泪水。她受不了时，一个人跑上山坡，在树林里号啕大哭一场。擦干眼泪，她又走进家里。她知道，仍在坚持工作的邝孔圣下班后要回来吃饭。

过往的岁月，至今仍让这对夫妻难以忘怀。

结婚后，他们很快有了孩子。但陈聚环一时没法将户口转到矿里，只能住到邝孔圣的老家——湖南临武一个小村子。邝家的祖屋早已不属于邝孔圣，最后是单位出面协调，陈聚环才借到屋子居住。过了好些年，他们家终于凑钱买了两间旧屋子。那时靠工分吃饭，他家里又没有农村劳力。没有办法，邝孔圣只好拿出自己并不多的工资，帮陈聚环买工分，这才保证了家里人的基本口粮。

陈聚环是一个有想法的人，这时她开始帮人做衣服。

她介绍说："在娘家做姑娘时，我学会了做衣服。我靠这点儿手艺给家里补贴一点儿。"

这时候，他们有了四个孩子。

孩子们天天盼着爸爸回家。爸爸每次回家，都会给他们带回白糖，他们又可以喝到糖开水了。那个年代，白糖真是稀罕物。能喝到糖开水，也成了他们的一种荣耀。

邝孔圣的大儿子邝思群跟我介绍说："那些白糖都是发给我爸的。每个月2斤白糖，另有2斤猪肉。这是一个矽肺病患者能得到的仅有的营养品。我爸舍不得吃，全部会带回家里来。我拿勺子喂一口给父亲喝，他也不张嘴。父亲最让我们熟悉的声音，是他没完没了的咳嗽声。一眨眼，我们听了几十年。"

在邝思群的印象中，父亲并非一个小气的人。

他举了一个例子。

当年，邝孔圣在十分队学会了包饺子。国庆期间，他回到老家，特意在圩里买了几斤猪肉，打算给老婆和孩子包一顿饺子吃。那时候，村里人没见过饺子。听说邝孔圣会包饺子，男女老少纷纷上门要看个究竟。邝孔圣很热情地邀请人家吃饺子。结果，那天邝孔圣和老婆包了一天饺子。如今，邝孔圣回到老家，好些老人仍跟他说："你包的饺子真好吃。香！"

回想这段往事，陈聚环也笑道："整整一天，我们家都是人来人往，家里从没那样热闹过。"

后来，陈聚环的户口好不容易才转到单位，一家人再也不用分居两地了。

邝孔圣说："这时我也调进城里了，但我却高兴不起来。为什么？因为我每个月要少拿十八块的野外补贴。那时候，这笔钱可养活一个大人。我老婆这时想了一个办法，帮当地的火柴厂糊火柴盒。火柴盒把借来的大板车装满了，也只能赚个四五块钱。这还是老婆带着孩子一起糊的。几个孩子放了学，就糊火柴盒，他们一直要糊到半夜。"

邝思群还提到了另一件事。当时，供销社收购烂草鞋，就是要取人字形鞋带中的棉布头再利用。那些烂草鞋又脏又臭，取十根棉布头，才能得到一分钱。

他记得父亲为此说过一句话："哪怕一厘钱，也是汗水，也是心血，也要煎熬。但付出了，你就有收获，哪怕一厘钱也是光荣的。"

邝孔圣当时也为家里的开支犯愁。一家六口人，凭他的一份工资生活，难以糊口。这时，妻子陈聚环又站了出来。她重操旧业，在街边摆了一个小摊：做衣服。很快，陈聚环在三〇九队十分队赢得了口碑。她不仅会做西装和中山装，还会做旗袍和礼服。她说话算话，说好第二天把衣服交给顾客，通宵踩缝衣机也会把衣服做好。陈聚环如今仍很得意："那真是一不小心，我就成了三〇九队的第一批'万元户'！"这"一不小心"的背后，是这位家庭主妇付出的艰辛努力。

难怪邝思群说："父亲是一本书，母亲也是一本书，每一页都是他们的日子，每一页都是在教育我们如何对待生活，对待工作，对待未来……"

结束采访时，我紧紧地握住了陈聚环的双手。

这次见面，最触动我灵魂的是这个女人说的这句话："我做梦也想不到，你会陪我这么多年啊！"

陈聚环是在 10 年前发出这一声催人泪下的感慨的。

那是 2014 年。

如今，已步入 2024 年。在中国第一颗原子弹成功爆炸的六十周年，她与丈夫迎来了钻石婚的幸福时刻。两位长者面对困难与挑战，始终不放弃，相互搀扶，用他们相濡以沫、同甘共苦的精神，在三〇九队创造了爱情与婚姻的奇迹。

发明家修车

"听说，你是上海滩的一位发明家？"

这天，一位姓王的工友向陈孝瑜打听道。

陈孝瑜把手中的一把大扳手举了举，笑道："我？一个修车工。"

王姓工友认认真真地打量了陈孝瑜好一阵子。他已经知道，这个满口上海腔的修车工不是普通人。

是的，陈孝瑜的身份确实有几分特殊。就在前不久，上海市长陈毅亲自把一份"合理化建议实施奖"证书颁给了被称为发明家的陈孝瑜，同时颁发奖金两百多元。这在当时可不是一个小数目，全场响起了热烈的掌声。

那么，陈孝瑜到底发明了什么呢？

新中国成立之初，受到帝国主义的严格封锁，医用手术无影灯无法进口，手术效果受到严重影响。当时，陈孝瑜是上海正达医疗器械厂的技术骨干。其实，这家医疗器械厂刚注册不久，它是陈孝瑜响应党中央发出的建设新中国的号召，与另外六位师傅一起组建的。师傅们个个身怀绝技。后来，这家医疗器械厂发展迅速，成为上海有名甚至享誉亚洲的医疗器械生产机构。

陈孝瑜怎么会想到发明医用手术无影灯呢？这是一个周五的下午，他受邀参加市政府召开的一次重要会议。得知医院急需手术无影灯设备后，陈孝瑜当即就说："人命关天，这事开不得玩笑。"他回厂后立即跟技术人员商量，决定自己动手解决这一难题。很快，一支由技术骨干参与的研究队伍正式成立。经过夜以继日的研究与设计，他们拿出了一个实施方案。陈孝瑜当时说："电路，属于这台仪器最关键的一个部分。一旦电路设计成功了，无影灯也就差不多成功了。"于是，他主动承担了电路系统的设计任务。在这个过程中，陈孝瑜相继解决了七八个电路方面的难题。仅用了半个多月的时间，他们就把第一台中国人自己设计制造的医用手术无影灯样机摆到了验收组的面前，这让专家和领导们刮目相看。

这一刻，欢呼声骤然响起。

陈孝瑜也因此有了一个非常清晰的目标：自己要做一位专业的发明家，为新中国设计出更多的医疗器械。他的想法，得到厂里同事的支持。他暗暗发誓，一定不要辜负上海市政府的期望。

然而，没过几天，陈孝瑜就被领导叫到了办公室。陈孝瑜走进办公室时，发现里面坐着一位男子。他的眼睛一亮，说："这不是邹一明吗？"见到老相识，俩人热情地握起手来。陈孝瑜笑道："首长，您这是从哪儿来？"邹一明说："我现在在地质部门工作，这次到上海来，就是专程来找陈师傅帮忙的。"

"没问题，有什么研制需要，您尽管说。"陈孝瑜爽朗地说道。这时，他仍沉浸在国产手术无影灯研制成功的喜悦之中。

"有一个出远差的任务，要请陈师傅亲自去一趟。"

陈孝瑜一愣："远差？不在上海……"

"是的，需要你到湖南一个叫郴县的地方，那里有一个国家重点工地。我相信你能理解我的意思。工地上有一大批汽车急需修理。"

"修、修车？"陈孝瑜的眼睛忽地放大了，他当然熟悉汽车修理行当。

1920 年，出生于宁波乡下一个贫苦农民家庭的陈孝瑜，小时候叫陈芳桦，靠姐夫资助，才半耕半读了几年书。14 岁那年，由于家境贫困，他便到宁波跟着姐夫做咸鱼生意。每天，他一大早就起床干活，直到傍晚才歇店。但他仍坚持晚上到农工初级中学读夜校。在夜校拿到毕业证后，他一个人跑到上海，给一个电工师傅当学徒。半年后，他进入一家英国人办的汽车公司当电工。他勤奋好学，深得老板赏识，仅用了两年时间，就成了一名汽车机电技术员。日本鬼子占领上海时，他看不惯接管公司的日方经理欺压中国工人，便站出来说了几句公道话，结果被日本宪兵扔进监狱关了两个半月。出狱后，陈孝瑜不愿再给日本人干活，便想重新找一份工作。他明白，自己在鬼子监狱蹲过，继续用"陈芳桦"这个名字，恐怕没哪个公司敢收留他。经过琢磨，他将自己的名字改为孝瑜。

抗战胜利后，陈孝瑜被陈记出租车行的老板看中，招到车行上班，除了做电工，还兼职做出租司机。1949年5月，上海解放战争打响。解放军打到苏州河北岸时，一部分国民党兵力仍在负隅顽抗，甚至准备炸掉上海发电厂和国际贸易大楼等建筑。经过多方努力，解放军准备与国民党淞沪警备副司令刘昌义协商，促其实现和平起义。但解放军代表如何成功与刘昌义接洽，又是一个难题。这时，上海地下党的一位负责人在陈记出租车行老板的陪同下，找到陈孝瑜，请他帮忙开车过苏州河，悄悄把解放军代表接过来谈判。陈孝瑜当即同意，经过精心安排，终于顺利地完成了这个惊心动魄的任务。在这个过程中，陈孝瑜认识了在解放军部队担任领导的邹一明。当时，邹一明表扬陈孝瑜说："你有胆有识，遇到国民党盘查，也没露出半点儿破绽。"听到这个评价，陈孝瑜很憨厚地笑了笑，说："不就是接个人过江嘛！"

陈孝瑜没料到，上海解放后他还能跟邹一明见上面，邹一明这番话让他颇感意外。

这时，邹一明向陈孝瑜介绍说："我在北京得到郴县方面紧急报告，称那些汽车不尽快修好，将严重影响整个工地进度。所以一听说这个情况，你就从我脑海里跳了出来。"

"郴县……"陈孝瑜眨了眨眼睛，说，"我从没听说过这个地方。"

"一个很偏僻却也非常重要的地方。它关系到我们新中国的安全！不过，我想听一听你的意见。毕竟，郴县不是大上海……"

"邹一明同志，这趟远差我接了。"陈孝瑜把胸脯一挺，很干脆地回答道。因为邹一明刚才提及的"新中国的安全"这几个字，一下子挑动了他的神经。

1956年6月，陈孝瑜悄然抵达许家洞。

他看到了崇山峻岭，也看到了一个热火朝天的工地。原来，在当地民工的努力下，马头岭至金银寨、许家洞火车站至金银寨棉花岭两条简易公路已经相继修通，这为大中型设备运抵棉花岭工地提供了方便。但当时的中国，仍不能生产汽车。上级配给三〇九队十分队的40多辆运输车，产自美国、英国、德国、日本和苏联等国。工友们笑道，这是一次杂牌车大聚会。其中大部分车是解放战争时从国民党部队缴获的。在崎岖不平的山路上连续折腾后，很多车趴了窝。

陈孝瑜看到这一场景，把行李一扔，当晚就爬上一辆大卡车。

"陈师傅，你还是休息一下吧。"供应科长李高发劝道。

陈孝瑜说："没事，没事。我在火车上睡得饱饱的。"

陈孝瑜爬上的这辆大卡车，产自美国，已经坏了三十

陈孝瑜从长沙将分配给三〇九队十分队的新式苏联吉斯151十轮大卡车开回许家洞（陈贵郴供图）

几天。据说，相继有三四个师傅摆弄过它，都没能把它修好。这时，有人跟陈孝瑜说道："先拣苏联老大哥的车修吧。毕竟它有零件，也能找到资料。"言下之意，陈孝瑜一上来就啃"硬骨头"，说不定要打自己的脸。

这也是李高发担心的事。

陈孝瑜却没换车的打算。他让人举着一个火把，便开始检查大卡车。李高发陪在一旁，等了两个多小时，然后对陈孝瑜说："陈师傅，你也别急，这个大家伙太复杂了，花上几天时间，能让它重新跑起来，你就算是立了头功！"陈孝瑜没答话，李高发叹了一口气，便离开了。

第二天一大早，李高发还没起床，门就被人敲响了。有人嚷嚷着："李科长，美国佬车上的发动机能启动了。"

李高发马上从床上爬起来，跑到现场一看，陈孝瑜已经把大卡车开上了简易公路。李高发一边跟着车跑一边大叫："陈孝瑜，你真是一个活神仙！"

这件事轰动了整个许家洞。

过了两天，陈孝瑜发现自己身上瘙痒不止，还长出一层疙瘩，这让他非常难受。这是南方潮湿的天气带给他的一种身体反应。

李高发向陈孝瑜建议："陈师傅，要不去找郎中看一下，熬几服中药吃，会好受一点儿。"

"熬中药——"

"效果会不错的。"

"免了，免了。"

"不相信我吗？找一个好郎中，我还是有办法的。"

陈孝瑜把手一抬，指着停在路边的坏车子，说道："这么多辆车还没修好，人家等着急用呐，我哪有时间慢悠悠地去熬中药呢？"他看到李高发仍有些担心，便安慰道："没事，没事，我再适应一些日子，就没事了。"

整个夏天，陈孝瑜没有因为身体不适休息一天。

一天中午，李高发发现陈孝瑜仍躺在一辆车下修车，便催道："陈师傅，该吃中饭了。"

"吃了，吃了。"

"在哪儿吃的？难道在车底下吃的？"

"猜对了。"

李高发怕他撒谎，便说："饭盒给我，我帮你带回食堂。"

"没饭盒。两个红薯，哪里还用得上饭盒。瞧，旁边还有半个。"

李高发猫腰一看，吃惊地说："唉呀，陈师傅，你吃的还是生红薯？这、这怎么能当中饭呢？哪怕带红薯，也该带熟红薯啊。"

"熟红薯，生红薯，不都是红薯？反正，能吃就行。"

李高发摇摇头，过意不去地说道："我知道，你怕煮红薯浪费了时间。"

一天中午，陈孝瑜在公路边修车时突然中暑倒地。醒来时，工友们要把他扶回屋里去休息。他说："我陈某哪有那么娇气，又不是上海滩上的娇小姐。"他喝了一瓢水，就又重新爬上了汽车。

李高发给他捧来了一大块西瓜，说："陈师傅，注意防暑，你可是我们的大宝贝呐。"

陈孝瑜拍了拍汽车，笑道："大宝贝，它才是呐。"

就这样，陈孝瑜一个月修好 14 辆汽车。得知取得这么好的成绩，地质部将他评为甲等先进生产者。

很快，陈孝瑜出色地完成了事先约定的修车任务。李高发把陈孝瑜送到了许家洞火车站，他要返回上海了。然而，车站通知火车晚点 30 分钟，陈孝瑜便跟李高发坐在椅子上闲聊起来。这时，一个年轻人突然跑进候车室，向李高发报告："昨天下午又有两辆大卡车坏了，几个师傅忙了一个通宵，也没发动起来。运输队长刚才跑来发火，说影响了他们的运输工作。师傅们已经尽力了。人家还说，这种车子早就该报废了。"

"我去看看！"陈孝瑜忽地站起来。

李高发忙说："火车快到了。"

陈孝瑜没再跟李高发答话，当即招手让年轻人带路，就匆匆走出候车室。这天，他没有坐车离开许家洞。第三天，他终于把两辆车修好了。李高发打算给陈孝瑜重新买车票，陈孝瑜却一口拒绝。

李高发问："那你打算哪天回上海呢？"

"我不回上海了。"

"不、不回上海？"

"我这几天想好了。我干脆把老婆和孩子从上海迁到郴县吧。"

李高发又惊又喜地道："这当然好。"接着，他也是一番好心地提醒："但你可要再三考虑，迁出上海，迁回去就难了。"

"知道，知道。但我不忍心看到这里的汽车常常趴窝。听邹一明说过，这里是在办保卫国家的大事。我能出一把力，哈哈，也是光荣。"陈孝瑜说道。

"也听听你爱人的意见吧。"

"这是大事，她当然会支持。我的孩子也会支持的。"

没多久，陈孝瑜把一家人迁到了许家洞。

从此，陈孝瑜就在三〇九队十分队工作了。他把自己人生中最精彩的部分献给了祖国的铀矿事业。同时，他仍坚持当一个发明家的梦想，继续创造了一个又一个奇迹。

1958年，七一一矿的前身，即"四一一工程"正式启动。建设初期，整个许家洞没有电，晚上要靠煤油灯和汽灯照明。但随着工程的扩大，急需大功率发电设备。国家当即做出决定，花巨资从国外购买了一组列车电站。这列运载电站的火车抵达许家洞火车站后，工程指挥部的人却倍受打击，因为这组列车电站竟然无法正常启动。工程指挥部上上下下非常着急。他们听说三〇九队十分队电工陈孝瑜是个奇才，便想请陈孝瑜帮忙。听到这个消息后，陈孝瑜当即赶到现场。他检查一番后，却没发现马达有什么问题。他判断：列车长途行驶，发电机蓄电池电量耗尽，导致无法正常启动。蓄电池属于碱性电池，当时在国内是稀罕物。指挥部马上向上海、广州、长沙求援。几天后，三地皆用电报回复了同一句话："国内无货，无法买到。"经过反复考虑，陈孝瑜来到工程指挥部，说："我想办法改变它的电源线路，说不定可以让它起死回生。""这、这能行吗？这东西可是个洋家伙。"工程指挥部有点儿犹豫。陈孝瑜说："洋家伙也是一个脑袋的人造的，不是长着两个脑袋的人造的。"听了陈孝瑜的一番描述，工程指挥部的人当即有了几分信心。他们知道，陈孝瑜从无戏言。当天下午，陈孝瑜的改装想法得到了上级的批准。他经过几天的设计、改装和实验，将国内酸性蓄电池的三组24伏串联，另外两组并联，成功启动了列车电站的发动机。

当时是晚上，刹那间，整个厂区的电灯亮了起来，很多机器也响了起来。人们纷纷跑出屋外，欢呼雀跃。

陈孝瑜笑了。

指挥部当即表扬他：这又是一项了不起的发明！

1958年7月6日，《新湖南报》用整个头版刊发了省农业技术革新工作者代表会议召开的消息。省长程潜致开幕词后，大会进入代表发言环节。在热烈的掌声中，陈孝瑜走上了发言席。他说："我的发言题目是《我是怎样把炉灶气灯试制成功的》……"

炉灶气灯又是怎么回事呢？

原来，陈孝瑜得知沼气能代替石油点灯、抽水、发电的新用途时，立即想到可否将这个原理用于工地钻机上。那时候，十分队在勘探点上有三部钻机，电力供应严重不足，时常影响正常运行。如果能利用沼气燃烧发电，便能解决钻机缺电的问题。说干就干。当天，陈孝瑜就把许家洞农科站的技术员周子桂找来当助手。试验时，陈孝瑜发现沼气中混杂的水蒸气导致沼气无法点燃，便根据蒸馏水的原理，将水蒸气进行了分离。排除水蒸气后，他找来了很多固定发光材料进行点燃试验，很快验证这些材料燃烧只能发红，无法发亮。连续七次试验，都失败了。陈孝瑜没有气馁。他知道，只要原理没问题，就能实现自己的目标。他经过反复思考与比较，突然灵机一动，他找来消防用的石棉纱罩，把它固定在沼气末端，在石棉纱罩上弄了几个出气孔，再利用气压的原理，使其保持供气稳定，点火后，果真推出了一款沼气灯。

这项发明引起了轰动。当地农民也跟着用上了沼气灯。所以，周子桂跟陈孝瑜说："陈师傅，你给我们乡下带来了光明。"

没多久，《新湖南报》刊发一则长篇新闻《全省各地积极实验推广沼气》，并配了新闻照片，其中一段文字就介绍了陈孝瑜的发明事迹。所以这次，他作为湖南省农业技术革新工作者代表在会议上发言。最后，他提高嗓门说道："我们不向困难低头，最后的胜利就一定属于我们。"

会场上又是一阵热烈的掌声。

后来，有人问陈孝瑜："你到底是一位发明家，还是一名修车工？"

陈孝瑜幽默地回了一句："我是发明家中的修车工，修车工中的发明家！"

熊惠贞和她的丈夫

　　熊惠贞清楚地记得,1958年4月的一天,她正在坐月子。这位在江西荡萍钨矿医务所担任护士的女子,刚刚生下第一个儿子。这时的她,浑身流露着一个刚做母亲的女人该有的疲惫与欣喜。

　　中午,熊惠贞刚给儿子喂完奶,医务所的办公室主任就气喘喘地跑到她家里,嚷道:"熊护士,所长让你马上赶到单位。"

　　"有抢救任务?"熊惠贞忽地瞪大了眼睛。

　　上个礼拜天,熊惠贞得知有好几个患者要抢救,便抽空回了一趟医院。

　　办公室主任却说:"不太清楚,但好像事儿挺急的。"

　　很快,熊惠贞匆匆走进所长办公室。所长是一个憨厚的男子,这时却是一脸的严肃。他说:"熊惠贞同志,根据上级指示,所里需要对你做一次审查,请配合。"

"审查？"

"还要做一次严格的鉴定。"

那一刻，熊惠贞有点儿蒙。

这是一场很特殊的审查，整整耗时两个半小时。熊惠贞的心里越来越惦念儿子，说不定他已经饿得哇哇大哭了。她可以跟审查人员直接说："我得赶紧回去给孩子喂奶呐。"或许这一切能早点结束，但熊惠贞掐断了这个念头。因为此时此刻，她必须全神贯注应对这场突如其来的审查，自己的回答与档案资料、与组织上掌握的情况必须完全吻合，时间要精确到哪一天。哪怕过去自己说过的话，也要完整复述。后来，她回忆说："当时每一个回答，似乎连逗号、句号都不能错。还好，幸亏我的记忆力超好，年轻的缘故吧。也许还想到这事开不得玩笑。"

终于，这场审查顺利结束了。

她来不及喘一口气，便像风一样跑出了审查室，奔向在大声啼哭的儿子……

晚上，她的丈夫姜德林回到家里。

熊惠贞还没把儿子递给姜德林，便迫不及待地问道："我们又要上哪儿去呢？白天我去做了政审。"

姜德林把儿子抱过来。每天下班进了家门，他做的第一件事，就是好好抱一抱自己的孩子。接着，姜德林"啊啊"地逗着儿子。

"我问你话呐。"熊惠贞有点犯急。

"问什么呢？"

"我们是不是有新任务了？"

姜德林这位荡萍钨矿的党总支书，个子矮矮的却很精干。他是1947年参军的一位解放军老战士，一直在部队做机要工作。他参加过三大战役，那段烽火连天的日子，一直让他难以忘怀，想起来就不禁心潮澎湃。后来，姜德林随大军一路南下。抵达南昌后，他突然接到一道紧急命令，他被调到江西省公安厅工作，仍是担任机要秘书。

这时，姜德林才朝熊惠贞一笑，说："我也不知道。"

熊惠贞努努嘴，嘀咕道："我知道，问了也白问。"不过，她马上凑到丈夫的耳朵边，说："嗯，听说我们是北上。我们要进北京城？那太好了。我真想去天安门看看。我要抱着小宝贝在那儿拍一张照片。听说那广场很大很大，望不到边……"

结果，姜德林仍然答道："我不知道。"

熊惠贞瞪了他一眼，忽地从丈夫怀里把儿子夺了过来……

几天后，熊惠贞跟随丈夫来到火车站，既没人相送，也不用验票，他们直接上了火车。她挑了一个窗子旁的位子坐下，有几分不舍地往这个熟悉的地方望着。

当然，这一刻她更向往北京城。

结果火车开至长沙后，车头忽地往左一拐，南下了。

她茫然了，无法猜测自己要与丈夫奔向何方。火车到达衡阳，稍作休息，继续往南方前进。直至到了一个叫许家洞的车站，她才被丈夫叫醒，和丈夫一起走下了火车。

这一天是 1958 年 4 月 29 日。

"到目的地了？"熊惠贞问道。姜德林没答话，这便是一个无声的回答。这是一个非常偏僻的地方。她甚至在丈夫的脸上也看到了复杂的表情。是的，姜德林之前也不熟悉许家洞。他走下火车后的第一件事，就是极为警觉地将车站周围看了一遍。

很快，同车而来却在途中一直没跟他们搭过腔的两男三女走到姜德林跟前报到。他们五人，加上姜德林和熊惠贞，这一行七人，就是组织上派往许家洞的第一支筹建队伍。熊惠贞回忆说："我这时才知道，我也是七人队伍中的正式一员。即便我不知道使命是什么，但到了这个时候，我的心中也有着一种隐秘的激荡。我明白自己又开始执行某项任务了。"

这支队伍后来被称为七一一矿的"七人先遣队"。他们的照片如今就挂在七一一矿工业文化实践教学基地展厅最醒目的位置，他们的到来开启了一段充满挑战、充满激情的历史。

曾有工友给熊惠贞纠正道："当年应该是一支八人先遣队，你手上还抱着一个孩子呢。"

七一一矿"七人先遣队"队员姜德林、谢英、张桂芝、苑宝存、罗淑琴、彭金莲、熊惠贞

"是的，是的，我儿子就是最小的一位队员。"熊惠贞蓦地有了一股特别的自豪感。

之后的日子留给她的深刻记忆，就是那时的生活异常艰难。当时的许家洞是山高林密、荆棘丛生、瘴气弥漫，即便有一个小火车站，但进出的交通也十分不便。

甚至，找不到一个好一点儿的厕所。

抵达许家洞的当天晚上，姜德林跟熊惠贞说："晚上，你一定不要出这个家门。"

"有这规定？"

"听说这地方有老虎。"

"白天，我确实见过两三只狗。一只黑毛狗冲我低呜了几声。"熊惠贞以为丈夫在故意吓唬自己，顺着他的话调侃了一句。姜德林却接着说："不仅有老虎，还有豹子出没。"

　　"不会有恐龙吧？"

　　"我是以一个领队者的身份跟你说话，明白了吧？"

　　熊惠贞这才有点儿紧张，她看看简易搭建的住房，问道："屋子不会被老虎拱翻吧？"

　　姜德林没答话，转身钻出了屋子。

　　熊惠贞忙叫道："你不是说有老虎吗，小心一点儿。"

　　她当然知道，丈夫晚上仍有要紧的事要忙……

　　过了几天，熊惠贞走进许家洞老街。所谓老街，不过是一条狭窄的巷道，两侧有十来家卸木板店子。她看到矿里陆陆续续来了不少工友，不时出现病号伤员。她问丈夫，什么时候这地方会有医院呢？姜德林给不出一个准确的回答。熊惠贞想到了一个办法，不妨先去找一家诊所，看看能否以委托看病的方式，解决工友们看病疗伤的问题。走着走着，她眼前一亮，看见老街左侧石榴树下真有一家小诊所。那天，熊惠贞说了不少好话，终于说动了诊所医生答应可以凭熊惠贞的字条看病，一个月结一次账。但很快，熊惠贞发现，生病受伤的工友下山看病换药不太方便，尤其费时间。她便跟丈夫说道："我还是自己开一家诊所吧。"

姜德林知道，妻子是一个闲不住的人，这月子假还没休完，工作欲望就窜上头了。但他也知道，矿里的人员越来越多，治病疗伤的事耽误不得，他同意了熊惠贞的想法。不过，他搓搓手，有点儿为难地说："眼前，工友们只能住杉树皮扎的棚子，找不出半间屋子给你作诊所用。"

"你管你的大事，这小事我自己处理好了。"

第二日，熊惠贞找来一堆杉树皮。在几位热心工友的帮助下，一个上午就搭成了一个棚子。熊惠贞将一张旧桌子往棚子里一放，就向工友们宣告：矿里有医院了！

这就是七一一矿医院的雏形。

熊惠贞不仅是这所特殊医院的第一位护士，也是第一个"医生"。她匆匆下山，采购回了一批药品和医用纱布、绷带等材料。当天，矿里病号伤员就找上门来了。后来，看病的工友越来越多。有时，熊惠贞一天接诊超过百人。接诊时，熊惠贞时常还要背着孩子。这些工友在得到及时治疗后，给了熊惠贞许多赞美。熊惠贞即便有疲惫之感，却常常露出宽慰的笑容。

然而，令熊惠贞没想到的是，她很快流下了来到许家洞后的第一次泪水。

初冬的一天，熊惠贞得知一个工友摔伤了腿，便匆匆赶到山上救治。没想到工友腿上的骨头都露了出来。熊惠贞一看，鼻子当即发酸，泪水也流了下来。

她说："我小心帮你包扎，会有点儿痛。"

"没事的，熊医生。"那位工友还安慰熊惠贞。

她一边拿棉签给伤口消毒，一边把嘴巴凑上去吹气，似乎这样做可以减轻伤者的疼痛。工友很感动，说："熊大夫，您像我老娘。"

熊惠贞愣了一下："我有那么老吗？"

"不是，不是。"工友连忙解释，"有一次，我砍山摔伤了，我老娘就是这样往我伤口吹气的。"

熊惠贞笑了，泪花却在眼眶里打转。

有一天，熊惠贞给作业区的工友送降烧药，又探望了几个病号，下山回家时，天已经黑了。突然，她发现前方有一个黑影飞奔过来。她忽地瞪大眼睛，接着大叫起来："老虎！老虎……"

她边喊边转身往山上猛跑。

就在这时，那黑影叫道："惠贞！惠贞！是我，姜德林！"接着，一只手电筒亮了。

原来，姜德林回家后得知熊惠贞上山送药了，便来接她。

见到姜德林，熊惠贞一头扑进他的怀里。这时，她大口大口喘着粗气，却也没有责怪姜德林。她知道丈夫为了节省电池，哪怕手上攥着一只手电筒，也没打开。不过，熊惠贞跟他说："以后晚上来接我，一路上哼着你爱唱的军歌吧。"

"好，好，好……"

有一次，熊惠贞还是遭遇了意外。

这时，七一一矿有了一所职工医院。熊惠贞也在医院有了自己的工作岗位。那时，她已经怀上了第二个孩子。一天，她听说井下发生塌顶事故，好几个工友受了伤，就急忙跟随救治队伍上了山，进入坑道进行抢救。然而，由于井下气温高，双脚又泡在水里，空气也不好，在连续为三位工友处理好伤口后，熊惠贞一头栽倒在水中，工友们急忙将她抬出坑道。

熊惠贞晕倒在坑道中时，姜德林正在接待几位刚来报到的干部和技术人员。姜德林作为先遣队负责人来到许家

七一一矿职工医院住院部

洞，一个重要任务就是把从全国各地抽调来的人员分配到最需要又最适合他们发挥特长的工作岗位上去。他曾说："人如螺丝一样，皆有价值，但用对了，这价值才能发挥出来。否则，适得其反。这事容不得半点儿马虎。"所以，每来一批新同志，姜德林都会面对面跟他们交流，有了第一印象，又加上第一手材料，再加上自己的判断，他就能很合理地为他们做好去向安排。这时，一位工作人员递给姜德林一张小纸条。原来，工作人员刚刚得到熊惠贞晕倒在井下的消息，马上就以这种方式告知姜德林。

姜德林看了一眼，就将纸条夹到了笔记本里，然后，他继续认真地跟谈话对象进行交流。

时间又过去了半个小时，旁边的工作人员有点儿焦急，便故意干咳一声，想要提醒姜德林。

姜德林终于跟谈话对象说："好，你今天可以去工区报到了。"

工作人员不由得长出了一口气。

但姜德林朝这位工作人员喊道："下一位同志。"

姜德林见到妻子时，已经过了晚上九点。这时，熊惠贞早被工友送回了家，躺在床上休息。姜德林给熊惠贞端来一碗白糖开水。

熊惠贞喝了两口，说："太甜了。"

"喝吧。"

熊惠贞当即明白，丈夫用多放一点儿糖的方式来表示自己深深的歉意。她会心一笑，问道："今天的工作任务都完成了吧？"

"嗯。"

"走神了，说不定就会——"

姜德林知道妻子要问什么，就说："不会看走眼的。因岗择人，因人择岗。我得对组织、对同志负责。"

"我真不愿意以后有人戳你的脊梁骨。唉，也不知道我今天怎么会晕倒。本来是去救护伤员的，结果碍了他们的事。幸亏几位受伤的工友没有生命危险。万幸啊。"

姜德林说："明天早上，我替你去看看他们。"

熊惠贞把碗递给姜德林，让他喝一口糖水，姜德林稍稍舔了一下。

她笑道："是很甜吧？"

又一个晚上，姜德林得知一个消息：一个技术员没有按时回到集体宿舍，同事找了他很久，也没发现这个技术员的影子。

技术员"失踪"了！

有人猜测，该不会是这个技术员吃不了苦，一个人悄然"逃"离了许家洞吧。

姜德林却说："他不会做逃兵！"

"你怎么能把话讲死呢？"

"我跟他见过面。他是带着一腔报国热情，主动报名来到许家洞的。我相信，他人在金银寨山上。"

姜德林带着十几个工友上山寻找。他们随身带上了好几只洗脸盆。途中，姜德林脚下一滑，滚下了山坡。如果不是他敏捷地一把扯住藤条，恐怕就掉到悬崖下去了。被人拉上来后，他这才发现手被藤条上的刺划伤了。到了山腰，他让人们打开手电筒，又敲响洗脸盆，这既能吓走野兽，又能向技术员传递信号。姜德林还和大伙一起大叫技术员的名字。

翻过几个山头，他们终于听到了一个声音：

"我在这里！我在这里……"

技术员终于出现了。

原来，技术员下班时，发现一个当地上山砍柴的孩子崴了脚，便把孩子送回了家。可他在返回矿区的途中，却迷了路。这位技术员见到姜德林他们，很感动地说："我相信，组织上一定会来找我的。"

当时，这个技术员手里攥着一根棍子，准备随时保护自己。

第二天，姜德林跟基层班组的人打招呼：晚上不管是上班，还是下班，必须要有同伴。后来，这个提醒成了一条硬性要求。

冬日，刮皮刺骨的北风呼呼作响。

一些工友正在抢盖一座杉木板加杉树皮的工棚，这时，一个男子过来了。有工友觉得这人有些面生，便说："我们这可不请临时工呐。"

男子当即露出了一个笑脸。

工友们这才恍然大悟道："明白了，你是刚分配来许家洞的吧？领导让你来帮忙的？"

"八九不离十。"这个男子风趣地答了一句。

工友们当即交代他把一捆杉树皮打开，再一块块递上来。完成这个任务后，工友们又让他去背杉木板，还开玩笑说："背完五十块木板，才可以吃饭啊。"

临近吃晚饭时，这名男子却转身离开了。高个子工友一见，马上追上来，叫道："兄弟，你别走，还没吃饭呢。"

"我应该没背到五十块木板。"

"哈哈，你起码背了六七十块。这些弟兄都说你是一把干体力活力儿的好手。嗯，我今天让半碗饭给你，算是我们认了兄弟。"

这时，一位班长来到工地，看到姜德林便大声叫道："姜部长，你怎么在这里？"

工友们这才知道，这位干活很卖力的"新工友"原来是矿里干部部的部长姜德林。看到高个子工友有点儿尴尬，姜德林就说："我们刚才已经认了兄弟，可不能说话不算数。"

原来，姜德林这天休息，本来想爬爬山，锻炼一下身体，看到山腰一侧有工友们在盖简易屋子，便上来搭把手。

也正是由于姜德林能跟普通工友打成一片，很快他就得到一个异口同声的赞誉：一个不像干部的干部部部长。

那时，矿里连吃饭也成了大问题。

姜德林的双腿出现浮肿的现象，不久股部和腰骶部也出现症状，甚至手背及手臂也有水肿。同时，他的肌肉愈发松弛，人也怕冷。这是严重营养不良的表现。

一位医生提醒熊惠贞，必须尽快给你家老公补充蛋白质。

熊惠贞嗯了一声。第二天，她想了很多办法，才买到九个鸡蛋。

她跟两个孩子说："这是给爸爸吃的。爸爸如果给你们吃，你们就说不好吃、不想吃。"

孩子们懂事地点点头。

然而，快要做饭时，熊惠贞却找不到鸡蛋了。她愣了愣，侧头一看，才发现刚才躺在床上的姜德林不见了。

原来，姜德林趁熊惠贞洗衣服的时候，一把提起装有九个鸡蛋的小竹篮，匆匆出了家门。

没过多久，姜德林回来了，熊惠贞便问："你又把鸡蛋拿去送给谁了？"

"给了北方来的那个大老李。他的双腿肿得更厉害。

熊惠贞夫妇合影

他又是一线打钻的主力队员，不能让他倒下。"

"可医生说你——"

"我多注意休息。哪怕我有点儿小毛病，也影响不了生产进度。"

熊惠贞轻叹一口气，没再说话。

晚上，熊惠贞做了一顿酱油炒饭。看到孩子们一声不吭地把酱油炒饭往嘴里塞，姜德林抬手摸了摸他们的小脑袋……

这种日子，他们在七一一矿坚持了好几年。

1965年4月17日，熊惠贞和姜德林突然接到上级又一道秘密指示，让他们作为一座即将开发的新矿先遣队队员，立刻前往江西。这一天，依然没有告别，没有欢送，他们悄然离开了七一一矿。这正应了徐志摩诗歌中所说的："悄悄的我走了，正如我悄悄的来；我挥一挥衣袖，不带走一片云彩。"

正因如此，时至今日，许家洞仍流传着关于第一批先遣队的种种传说。

"共产党员不吃肉"

"谁把'甲菜票'放错了口袋呢？"

下班时，工友黄二娃来到调度室一侧的房间取外套时，无意中摸到右口袋里有一张小纸条。他拿出来一看，发现是一张"甲菜票"。

原来，矿里有一条规定，在保障一线工人生活的正常供给的同时，管生产的领导干部每人每月还会领到三张"甲菜票"，凭它可到指定的食堂购买营养食品。在那段艰苦的日子里，这张"甲菜票"成了持票者仅有的一个补充营养的机会。"甲菜票"也就成了一个"宝贝"。

黄二娃把调度室问了个遍，也没得到一个回答。

副调度长跟黄二娃说道："我猜，你黄二娃干活是一个'拼命三郎'，有干部看在眼里，记在心里，所以特意给了你一个奖赏。"

黄二娃有几分感动，也有几分茫然。

这时，矿党委书记张守贵走进调度室。他有一个由来已久的习惯，只要不外出或开会，上午、下午以及晚上三个时段，都会对一些重要岗位进行细致的巡查。

黄二娃当即跟张守贵说了自己的"奇遇"。

"这算不上'奇遇'。我们的党员干部同志，本来就应该好好关心井下工友。"张守贵笑道。

"书记，您这话讲得不对——"黄二娃嚷了起来。调度长赶紧拉开黄二娃。黄二娃却把调度长挡到一侧，继续说道："拿'甲菜票'的同志，他们也在井下。这些干部天天跟我们一起作业，甚至做了我们的主力队员。"

张守贵听他这么说，不但没生气，反而欣慰地说："他们有这样称职的表现，真是值得肯定。再把'甲菜票'让给工友，证明他们不仅称职，还很优秀。"

黄二娃嚷道："我、我就不明白，你们党员，你们干部，就不吃肉了？"

"党员干部不吃肉？"

"是呀。"

"这真是一个好主意！"张守贵一个拳头擂在黄二娃的胸口上，"谢谢你！"

黄二娃愣住了。

过了两天，黄二娃才明白张守贵头一天表扬自己的缘故。早上在坑口开例会时，二工区副区长熊性善通报了矿党委昨晚开会时发出"共产党员不吃肉"的号召。熊性善跟黄二娃说道："张书记在会上特意点了你黄二娃的大名，称赞你是一个非常有爱心的工友！"

"我、我哪是要让党员干部不吃肉……"黄二娃争辩道。

熊性善拍拍黄二娃的肩膀，笑道："但张书记觉得，在当前这个困难时期，我们党员干部应该不吃肉。"

矿党委同时做出了一个决定，党员干部要与普通工友结对子，让党员干部逐月将"甲菜票"转送给工友。

熊性善把"甲菜票"送给一位姓邓的工友时，邓工友坚决不肯收下。邓工友嚷道："看看你的脸色，比我差多了。"

"我用不着天天拿钻机！"

"哪天不拿钻机，我的手就发痒。这跟吃不吃肉没关系。"邓工友仍在找理由拒绝"甲菜票"。

"我是区长，你得服从！"

"我哪会不服从你的指挥？但这票打死我也不收。"

说罢，邓工友转身进了坑口。

熊性善很无奈。有工友跟他说道："你的心意老邓领了，他的一番话你也该收下。"

熊性善点了点头。

不过，他手上仅有的三张"甲菜票"，最后还是给了一个在作业区晕倒的刘姓工友。刘姓工友醒来后，拿到"甲菜票"感动得热泪盈眶。第二天，刘姓工友觉得自己的身体恢复了不少，下班后即主动留下加班。有工友问："你怎么突然又有了一身好力气？"

刘姓工友说："这身力气还不是熊区长给的！"

熊性善则被食堂里打菜的炊事员盯上了。原来，炊事员看到熊性善走进食堂时，双腿有点儿发软，本来一张清瘦的脸，这几天突然肿得发亮。他知道熊性善也犯了浮肿病，却坚持上班，来来回回在二〇工区奔波与指挥。于是，炊事员在帮熊性善打饭时，悄悄把几片猪肉埋在碗底。

熊性善刚吃几口饭，就发现了碗底藏有猪肉，当即知道这是炊事员偷偷做了手脚。他抬头看了看饭堂，发现一个病号正坐在桌前吃饭。他走上前，一声不吭，直接把肉夹到病号碗里。

看到这个情景，炊事员冲了出来。

他大声埋怨道："熊区长，你、你不想要命了？"

"我知道，你舍不得我死！"

"老熊，你两个月没吃肉了。"

"哈哈，也死不了！死不了的。我熊某还相信，在不久的将来，你做的那地地道道的红烧肉，我得多吃几块。"

炊事员无奈地摇了摇头。

熊性善把饭碗送到炊事员鼻子底下，笑道："你闻一闻，这饭里是有一股肉味！"还很满足地说："真香呀！"

炊事员下班后，跑进张守贵的办公室。他嚷道："张书记，熊区长也应该是一个病号。"

张守贵说："我正准备通知几家食堂，从明天开始，每个食堂都要开办特别的'病号餐'！"

"病号餐？"

"面对患浮肿病的工友，我们要想办法改善他们的伙食，让他们尽可能快点儿恢复健康。他们不能有任何意外。"

"关怀也要给干部。我看熊区长再这么熬下去，恐怕真会出意外。"

张守贵攥攥手，很严肃地说："我会找他做工作，让他马上到医院检查身体。"

"他拿到病号条，也该跟其他病号一样的待遇。"

张守贵答应了。

熊性善当天去了医院。医生帮他检查一番，说："早该来看看病！"医生要给熊性善开病号条，熊性善说："医生，我注意一下休息就行了，这病号条就不要开了吧。""我是医生，开不开病号条我是有原则的。"医生很固执，一字一板地跟熊性善说："你这病号条必须开！"

熊性善只好接过了病号条。

不过，他并没把病号条交给食堂。炊事员见了他，很奇怪地问道："哪位医生帮你看病的？竟然不帮你开病号条。"

"没给我病号条，证明我身体没毛病。"

"这医生有毛病！"

"别怪医生——"

"不怪他怪谁？你说不怪他怪谁呢？"

熊性善支支吾吾了，只得一笑了之。

过了几天，炊事员才从张守贵口里得知了"内幕"。他说："共产党员不吃肉，但'私吞'了病号条！"

这事也让副矿长刘宽知道了。那天，他遇到熊性善时，特意说："性善同志，不吃'病号餐'，是你在发扬风格，但你还是要注意休息。"

"刘矿长，我晚上睡得好好的，还打呼噜。"

刘宽笑了笑，便向办公楼走去。

熊性善也要动步子，却被一个工友拦下了。

他叫谢序道。

谢序道向熊性善打听道："刚才跟你说话的人是谁？"

"我们的副矿长，刘宽。"

谢序道一愣："真是矿领导呀。"

"怎么呢？"熊性善好奇地问道。

谢序道说："前几天，我跟几个工友爬到金银寨，想挖两筐蕨根回来。"

"我知道，蕨根磨成粉，能当饭吃。要不然，我们工友更是吃不饱肚子。"

"我是说，那天在东南坡上，我们看到有一个人已经在那里挖蕨根。有个工友跟我嘀咕，这人有点儿眼熟，好像是刘副矿长。我当时半信半疑。这人挑着一筐蕨根下山时，我还瞅了他一眼。”

“呵呵，这人不像个矿领导吧？”

谢序道笑了。

熊性善说：“刘矿长把家里一半口粮给了几个风钻工。全家不吃肉。他那个刚满两岁的小女孩也跟着吃蕨根粉，吃野菜拌饭。有一次，我上他家请示工作，看到他正跟孩子发火呐。”

“刘矿长的性格好是出了名的，怎么会跟女儿发火呢？”

“连吃好几天野菜拌饭，小女孩受不了，噘起小嘴巴嚷了几句：‘不吃菜饭，不吃，就是不吃。’结果，刘矿长直接把女儿跟前的小碗端开，还骂了女儿几句。女儿受了大委屈，哭个不停。”

“太狠了。”

熊性善拍了拍谢序道的肩膀说：“刘矿长对女儿狠一点儿，不就是想对你我好一点儿嘛！这事记得保密。刘矿长知道我这嘴巴不牢，准要批评我一顿。”

"精神会餐"侧记

"1959年到1961年，算是矿山创业最艰苦的时期，刚好还遇上了三年困难时期，更是雪上加霜。当时职工的生活条件的确很艰苦，生产工人每月才33斤粮食定量、2两食油、半斤猪肉。"

当时担任七一一矿副矿长的李太英曾有这么一段回忆。

他说："那是煎熬，肚子吃不饱，手上的工作量却越来越大。可整个矿里没一个人当'逃兵'。哪怕很多工友得了浮肿病，也不当'病号'。我记得，一个邓姓工友说，干活儿没问题，就是肚子饿得太难受……"

于是，坑口有了一次又一次"精神会餐"。

这"精神会餐"是怎么诞生的呢？

矿上有一个规定，井下作业三个小时后，会有二三十分钟的休息时间。这时候，工人们都有很强的饥饿感。有个姓陈的工友说："真想抓一把土，塞进嘴里。"但是这个时候，嘴巴里连能吞下去的一口口水也没有。工友们走出坑口时，第一个动作就是勒紧裤腰带。

"来，兄弟们，帮一下忙，把我的裤腰带勒紧点儿。"说话的是来自江西岿美山钨矿的李平头，被他招呼的是来自大吉山钨矿的小邓与大陈。小邓和大陈走上前，一起把李平头的裤腰带勒得紧紧的。

刚好这个场景被李太英看见了，便问："嗯，你们几个唱哪出戏呢？"

李平头冲李太英一笑："李矿长，这裤腰带我一个人勒不紧，也止不住饿呀。我得找俩兄弟搭一把手。"

大陈跟李太英说："莫非矿长这次给我们加餐来了？"

跟随李太英一块上山的还有谢英。谢英，是七一一矿"七人先遣队"的成员之一。谢英当即笑道："一猜就准。李矿长上山给大伙送餐来了。"

一听这话，工友们都围了过来。

"来来来，大家坐下吧。"说话间，李太英已经坐到草地上。工友们围着李太英坐成一圈儿。

"矿长，你真是来送餐——"有人问道。

"我不是来送餐的。"

一个工友几乎有点儿遗憾地"啊"了一声。

李太英笑道："准确地说，我跟谢英同志是来这就'餐'的。听说你们这阵子搞起了'精神会餐'活动，我非常好奇。

我可是第一次听到有'精神会餐'呐。所以，我也想享受这'精神会餐'带来的感受。"

"这名称还是上次谢英同志给我们取的。"李平头说道。

谢英如实说道："那天，我上山来做调查，刚好看到工友们围坐在一块，欢声笑语的。我问他们遇到了什么开心事，工友老黄跟我开玩笑，说他们遇到比吃红烧肉还有味道的美事。原来，工友中的一位抗美援朝复员老兵，刚刚讲了他当年俘虏美国兵的故事。黄姓工友说，听完这个故事，大伙热血沸腾，刚才觉得肚子饿得难受的感觉忽地飞到九霄云外去了。精神振奋了，大家也就忘了饥饿，又带着一身力气返回工作岗位了。我觉得工友们就是在搞一次特别的'精神会餐'！"

"正是听到这个很有意思又有意义的名字，我今天也上山来参加你们的'精神会餐'活动。"李太英说。

小邓把脖子冲李太英伸过来，迫不及待地问："李矿长，你来都来了，不给我们加点'料'？"

李太英说："那我讲个故事。"

工友们的掌声响起来了。

"我在河北老家当区长，一位也姓李的游击队长曾跟我说过一件事。有一天，他获得一个重要情报，日本鬼子一个'扫荡'队第二天早上要途经李村。他马上制订了一个设伏计划。接着，李队长带着十七名游击队员，悄悄行军十几里地，埋伏到了一个灌木丛中。"

"哈哈，守株待兔。"大陈笑道。

李平头则说："鬼子算不上兔子。他们是一肚子坏水的狐狸！"

"这话说得太对了！"李太英表扬了李平头一句，接着往下说，"鬼子真狡猾。他们知道游击队越来越厉害，也就突然改变了'扫荡'时间。到了第二天早上，李队长却没发现鬼子的影子。李队长有丰富的斗争经验，他知道鬼子一定会出发的。这时候，游击队开始跟鬼子拼耐心。等到上午，不见鬼子。等到中午，也不见鬼子。等到晚上，仍不见鬼子。有些游击队员心里犯嘀咕了，莫非鬼子突然取消了计划。李队长一番琢磨后，仍坚持设伏计划不变。这时候，拼的不是耐心了，而是肚子。那时候打战，游击队没法随身带粮食，连水壶也没有。当然，除了口干，饥饿更难受，但这时不敢派人去找食物，容易暴露目标。李队长这时说话了，谁熬不住，我怀里还藏着一根黄瓜。他用手捏了捏衣服，果真鼓鼓的。队员们忽地笑了，仿佛这根黄瓜可以让每个队员美美地填饱肚子。但是，没哪个队员说要咬那根黄瓜一口。他们知道，最艰难的时刻还在后面。天又亮了。几十个鬼子，还有二三十个伪军，终于出现了。哈哈，这埋伏也就中了，鬼子、伪军死伤惨重。李队长带领队员冲上去时，突然敌人的一挺机关枪响了，几个游击队员当即受了伤。李队长急中生智，从怀里掏出那根黄瓜，猛地朝机关枪手扔去。机关枪手以为扔来了手榴弹，吓得扔下机关枪就跑……"

工友们轰然大笑。

谢英说道："没想到，一根黄瓜成了最终致胜的'秘密武器'！"

一番议论后，李太英说："我也想听听你们讲的故事。"

"我先讲一个峝美山的传说。"李平头抢先说开了，"相传很久以前，峝美山是一座荒山。荒山两侧地方的老表，为了争地盘，不时发生争执。有一天，一个仙人路过此地，唤来一只仙龟，让仙龟在山地上爬行，再以其足迹为线，作为两地山民的地界。峝美山最早也就叫龟尾山。后来，一群仙女喜欢上了龟尾山的美景，也常来这山上游玩，龟尾山变得更加迷人。这时，当地百姓便把龟尾山叫成归美山。明末清初，广东人在归美山捡到橙黄和乌黑发亮的五种石头带回广东，后传到洋人手中，大家才知道这是价值很高的黄金以及用途广泛的钨砂、萤石、铁矿、青石等矿物。从那时起，美国人等洋人便开始对这些矿产进行掠夺。当地百姓为了保护这些宝贵的矿产资源，跟洋人斗智斗勇，直到把他们赶了出去，也让这座宝山重新回到了中国人自己的手上。归美山也就被当地老表叫作峝美山。"

小邓感叹道："一个地名的变化，原来有这么深刻的历史渊源。"

这时，郴州籍的学徒工福崽说："我们现在坐在这里的金银寨，它的来历也蛮神奇的。"

工友们一下子又来了兴致。

福崽说："很久以前，当地一户姓万的人家建造新房。堪舆先生跟这万某说，村里属一穴'活牛形'宝地，你们万家的房子刚好建于'牛头'之上。五天之后的午时，你家的新房不宜合上大门。吉时一到，有两头牛会现身你家菜园，一头黄牛，一头白牛。两牛如果窜进屋里，要马上动手将门关上。从此，你家将大富大贵。"

"那两头牛果真来了？"有工友问道。

谢英说："哪儿会不来呢？要不然福崽这个故事就讲不下去了。虽然我们猜到了这点儿，但结局一定更有趣。"

福崽点了点头。在工友们的催促下，他继续说："这天上午，果然来了两头牛，一黄一白，膘肥体壮，油光发亮，在门前菜园里转了一圈，接着走进新屋，一左一右卧在厅堂里，悠闲地摇头摆尾，嘴里还津津有味地咀嚼着。正在万某家干活儿的一位工匠见了，以为邻居的牛走了进来，便使劲赶它们出去，还用脚踢鞭抽。两头牛被逼无奈，只得走出屋门，'哞哞'叫两声，便往对门的山寨上奔去。万某听到牛叫，连忙出来迎接，谁知牛已跑远，怎么追也追不上了。万某追上山坡时，不见两头牛的踪影，眼前却出现两座大石山。原来，黄牛跑到上寨变成了金寨，白牛跑到下寨变成了银寨。从此，当地人把这两个寨子叫成金寨银寨"。

"莫非这地方藏有金子和银子？"小邓问道。

福崽摇摇头说："真不知道。"

"这地下没金矿，也没银矿。三〇九队十分队已经勘探过。"李太英看到自己的说法让工友们有点儿失望，便提高嗓门说，"但我们采掘的矿石，比金矿银矿还值钱呢！"

被李太英这句话一点拨，工友们又兴奋地叫了起来。

李太英笑道："这是传说。同时也说明一点，我们今天在这里进行掘进，又累又苦，甚至比上战场更危险，但祖宗们留下的这块宝地值得我们流汗、流血。因为我们在这里的付出，就是为了让我们老百姓通过生产吃饱饭，端着饭碗时，还能挺直腰杆！"

又是一阵热烈的掌声。

这时，有人喊道："我们干活儿去！"

听完故事，工友们获得了一股昂扬与旺盛的斗志，马上扛起工具走进了坑口。看到这个场景，李太英与谢英会心一笑，"精神会餐"所唤醒的力量是无穷的……

青春的记忆

七一一矿，是一座年轻的矿；七一一矿，更是一座年轻人的矿。

这是我采访中获得的一个最深刻的印象。一位姓陈的老工友说："我来到七一一矿时，只有17岁。同一个宿舍，另有6个工友。一个姓张的工友是老大哥，但他也只有23岁，另外5个都不超过20岁。"我翻阅历史资料时也发现，当时七一一矿的一线工友80%以上都是年轻人。

七一一矿，是青春之矿。

在七一一矿工业文化实践教学基地展馆里，有一块展板特意介绍了"英雄掘进队"，称"井巷开拓，掘进先行。为多快好省地完成井巷掘进任务，矿党委号召全矿各工区各掘进队，开展掘进大会战。七一一矿井下地质复杂，岩石坚硬，岩层是裂隙发育，地热资源丰富。有些作业面，工作人员浸泡在四十多度的高温热水中，身浇凉水奋勇作

矿工在井下作业

业，涌现了五四掘进队、八一掘进队、四〇一青年掘进队、三〇四青年掘进队等杰出代表"。

这些掘进队，是由一个又一个热血青年组成的团队，他们给七一一矿留下了令人难以忘怀的青春记忆。

一

八一掘进队，成立于 1962 年 8 月。在展馆中，挂有其中六名代表的照片，他们是八一掘进队队长吴佩礼和队员冉忠德、王云成、谭仁清、赵启德、杨宝华。从照片中可以看出，这支掘进队由清一色的年轻矿工组成。

我从众多资料中发现，吴佩礼是一位非常优秀的队长，事迹丰富，也非常令人感动。当时有一句顺口溜：遇见吴佩礼，不见拦路虎。

有意思的是，矿里最喜欢讲吴佩礼当接生婆的故事。吴佩礼是一个男人，怎么会当上接生婆呢？

那是一个寒冷的早晨。

七一一矿的一条路上，走来一个挺着大肚子的孕妇。她刚离开圩场往家里走去，右手还挽着一只装着蔬菜的竹篮。不过，她越走越慢，双脚的挪动愈发吃力，头上也渗出了豆大的汗珠。很快，她就只能走走停停了，甚至发出了痛苦的呻吟。这时，她用渴求的目光注视着过往的行人。蓦地，她像发现新大陆一样地叫着："吴、吴队长……"

这位吴队长便是吴佩礼。

他一见孕妇跟自己打招呼，立刻跑到她跟前。他见孕妇满脸挂着汗珠的样子，当即问道："怎么啦？你身子不舒服吗？"

"吴队长，我、我……"

陡地，吴佩礼明白了，问道："要生了？"

"……嗯。"

吴佩礼赶紧把孕妇扶到道路一侧。孕妇解开裤带，便躺到路边。路过的青年小伙见了，撒腿就跑。吴佩礼也傻了眼：自己是个男同志，多不方便！最关键是自己从没给女人接生过。不过，吴佩礼看到孕妇难受的样子，知道自己哪怕有半分犹豫，都可能让孕妇和孩子遭遇不测。他当即冷静了下来，蹲到孕妇跟前，与孕妇进行互动，并不时安慰孕妇。十分钟后，孩子生了出来，"哇"地哭了起来，女子也很安全。吴佩礼连忙脱下自己的棉衣，把婴儿包裹好。这时，他拦住一辆货车，把母女送到家里。

之后，吴佩礼便匆匆爬上金银寨，寻找这个女子的丈夫。

这个女子的丈夫叫滕道军，跟吴佩礼在同一个坑口工作，也是八一掘进队成员。

"道军！道军！"离坑口还很远，吴佩礼就大声喊起来。

有工友告诉吴佩礼："道军还在井里头呢。"

"他上早班，下午两点出坑。现在四点了，怎么还没出来？"

吴佩礼进入井里，把滕道军扯了出来。

滕道军不知道发生了什么事，以为自己犯了什么错误，一边跟跟跄跄地跟着出来，一边解释："电压一直不太稳定，影响了作业。你当队长的能不清楚？这个月任务重，每班都得按计划完成。刚才还有三个眼，等不到电，我好不容易比画着才打完呐。"

到了井口，吴佩礼猛地一拍他的肩膀，喊道："再大的事，也比不了你老婆生孩子的事大！"

"她、她要生了？"滕道军有点儿紧张。

"你这小子，你老婆已经给你生了一个胖千金！"

滕道军大叫一声，撒腿就往山下跑去。

他回到家里，从妻子身边抱过婴儿就要亲，却被妻子拦住："你也不看看，脸上的油污还没洗净呢。"

欢喜一番后，滕道军这才听妻子讲述了生产过程，滕道军才知道吴佩礼给予了这么大的帮助，非常感动。接着，他说："我们给孩子取个名吧。"

"名字我取好了。她是自己落地的，就叫她'罗蒂'，跟我姓，你同意吗？"

"好！落地，罗蒂！罗蒂，落地！"

"落地"，即罗蒂，她长大后，成为七一一矿职工医院的炊事员。如父母一样，她非常热爱这座矿山。当年，她曾在共青团组织的一次活动中用诗歌深情地表达了她对矿山的热爱：

矿山，我亲爱的家！
一个并不豪华
也不寒碜的家，
一个有困难也有希望的家，

一个充满生气

而又逐趋先进的家，

一个美丽的家，

温暖的家……

从罗蒂这一名字中，我突然发现，在那些艰苦创业的岁月里，七一一矿并不缺生活情调。在那些看似平凡的工友眼中，这座矿山，不仅蕴含着宝藏，还蕴含着一首首富有浪漫色彩的诗歌……

比如，我还听到过一个侄子给姑姑当红娘的故事。

姑姑叫周飞凤，当时在湖南衡阳师范读书。周飞凤长得如花似玉，一双水灵灵的丹凤眼尤为动人。在七一一矿工作的侄子给姑姑介绍的对象叫梁宗贵，他脸庞黝黑，憨厚诚实。他断断续续上过两三年小学，识字不多。

一个朴实又普通的铀矿工人，是怎么赢得一位师范女学生的芳心的呢？

八月，梁宗贵这个掘进队的年轻队员服从矿里安排，在江西大吉山钨矿学习。一天，一份加急电报被交到了梁宗贵的手上，电报是从他的老家四川彭水发来的，称："父病故速回。"梁宗贵当即扑倒在床上，抱头痛哭……

"小梁，快收拾一下，准备回家吧。"同宿舍的工友劝道。

听到这话，梁宗贵忽地撑起身子。不过，在收拾行李时，他突然发起呆来。原来，他这时才想到一个问题：江西到四川，来回一趟要十来天时间，也就彻底耽误了学习。他当然知道，矿里在生产任务繁重的情况下，仍坚持选送员工到江西学习，员工身上肩负着重要的使命。与此同时，他似乎看见了父亲的面容，也似乎听到了亲人们盼他回去的呼声。

经过一番思考，他终于喃喃地说道："我、我不能回去……"

工友惊讶地说："这是大事呀！"

"就算我赶回去了，父亲也不能再活过来了。我父亲是一个很朴实的老者，知道我逃学回来的，一定会责怪我。"

"可家人盼你回去。"

"但我们矿里更是盼我学成归来。"

梁宗贵当即做了一个决定：不回老家。他匆匆去了一趟邮局，把自己积攒的四十元钱寄回了老家。

偶然一次，周飞凤听侄子谈及此事。

她感叹道："他真是舍小家为大家呀……"

"姑姑，你算说对了。梁宗贵这人真不简单。他出身贫苦，后来当志愿军，上了朝鲜战场。他成了一个很有功夫的防化兵，还成为部队里的积极分子，立过三等功。来到许家洞后，他仍是那个当兵的个性，吃苦受累，眼都不眨，连年被矿里评为先进生产者……"

周飞凤怦然心动。

她红着脸跟侄子要了梁宗贵的地址。

没多久，梁宗贵就收到周飞凤的来信。拆开信一看，他傻眼了，竟然会有一个陌生姑娘给自己写来了情书。

梁宗贵一夜未合眼。第二天早上，梁宗贵从床上爬起来，咬咬牙，拿起钢笔给周飞凤写了回信："……我是一个矿工，没有文华（化），不只（知）道写信，加上工作仅（紧）忙……，请不要在（再）给我写信了。"

这样一封掺杂不少错别字的回信，让周飞凤更加喜欢这个朴实、憨厚又无私的矿工。周飞凤再次给梁宗贵写信。她这次写的还是一封长信，几页信纸，把心里话掏了出来。就这样，梁宗贵与周飞凤的信件往来越来越多。

冬天来了。梁宗贵又收到周飞凤的来信。还没读完信，梁宗贵的脸上就露出了笑容。原来，周飞凤热情邀请他元旦到衡阳会面。跟女朋友第一次约会，对男青年来说，该是何等高兴啊！这时，梁宗贵的心里像灌满了蜜汁——甜滋滋的。可是，他想到他们承担的安装工程正进入关键阶段，人手格外紧张，便回了一封信：

飞凤：

感谢你的真情相邀。

等着吧！为了尽快完成党交给的任务，我不得不推迟去看你。请原谅……

宗贵

十二月十四日

　　读到这封信，周飞凤愣住了，心里忽地蒙上一层阴影，"等着吧"，莫非这是他的托词？她惶惑了。紧跟着，一场疾病突如其来，折磨着她的身体，她几乎无法承受这种不可名状的打击，很快住进了医院。躺在病床上，她仍在思念梁宗贵。含着泪水，她又给梁宗贵写了一封信：

梁宗贵同志：

　　我虽然没有见到你，但我已经了解了你——为了祖国和人民的事业，你舍小家为"大家"，献出了青春。在你看来，祖国和人民的事业高于一切。这使我对你更加崇敬，更加……我现在身体不好，正在住院。我的病很重，恐怕……我们会面已经没有必要了。忘记我吧。

　　但作为你的同志和朋友，我仍是希望你在搞好工作的同时，适当考虑一下个人的事，因你已经二十七岁了。

周飞凤

于医院

　　收到这封特殊来信，梁宗贵的手颤抖了，心也在颤抖……

得知这事后，梁宗贵身边的工友们深为感动，于是，梁宗贵得到了一次特批假。当天晚上，他匆匆登上北去的列车。次日凌晨，他一下火车，就直接赶到医院。

看到梁宗贵突然现身，周飞凤又惊又喜。刹那间，眼泪扑簌簌地顺着她的脸颊往下淌。"你没有收到我的信吗？"她这时仍不敢相信自己的眼睛。

梁宗贵点了点头，关切地问："你的身体怎么样了？"

"确诊了，我患有严重的风湿性关节炎，怕是会引起半身不遂，最终会——"

"怎么样？"

"瘫痪！我不能连累你，才写信——"

"飞凤，你不会有事的。退一万步说，哪怕真瘫痪了，我也会好好照顾你一辈子！"梁宗贵很干脆地回答。他接着说："任何人过日子，都可能遇到这样的困难，或者那样的危险。在我们矿里，下井多了，就会掉头发……"

"我们都别说了。"周飞凤伸手堵住了他的嘴，腼腆地说，"哪怕你头上没一根头发了，你也还是梁宗贵呀。我毕业后，就去你们矿里教书。"

两双手紧紧地握到了一起……

二

通过两次预约，我才电话采访到了雷小飞。

通话时，我第一句话就跟他说："雷师傅，真不好意思，今天打扰您了。"

原来，他的妻子患病，已经有十来年时间，几乎一刻也离不开雷小飞悉心的照料。这位当年四〇一红旗掘进队的队长，一直婉言谢绝各方的采访。他这天能破例与我通话，即便只答应给我半个小时的时间，也让我受宠若惊。因此，我早早拟了一个采访提纲。

雷小飞是一个很豪爽的人，从他的话语中，我可以感受到他的热情。

我说明了采访的原因。

他开口即说："都过去了。过去了……"

在唏嘘中，他说："我是一个'矿二代'。我的父亲是 1958 年来七一一矿的。我的灵魂，我的一切，都是父亲用他的精神与行动塑造而成的。当然，不仅仅是我如此。在我的印象中，我带的这支队伍中，几十名队员，高矮胖瘦都有，但没有一个队员说过一个'不'字，连牢骚的话都没说过半句。否则，我们就是在打父辈的脸。我们当然不是孬种。"

四〇一红旗掘进队部分队员

　　1976年10月，他被任命为四〇一红旗掘进队队长，一直担任至1982年底，跨度达六年多时间。

　　通话中，雷小飞回忆了当年工作中的几个细节。

　　他带着队友在90米中段执行突击任务时，为了抢时间、抢进度，大伙累得精疲力尽。一个队友叹道："老婆知道我下井是在拼命，恐怕打死也不会允许我再进坑道了。"

　　这天，雷小飞与队友们有了一个约定，上井后，谁也不许跟家人提及井下的场景。

雷小飞感慨道："走出坑道，我们脸上都是灿烂无比的阳光。哪怕在井下，这阳光也在我们每位工友的心里。"

仅这句话，就让我明白了当年这些年轻工友的动力之源在哪里。

他回忆说："我清楚地记得，决定2号井与4号井进行连通时，矿长李德甫同志问我，有没有信心完成这个任务呢？当时的实际情况我一清二楚，虽然只有120米的长度，但这个地段的结构非常复杂。一个月完成，算是一个巨大的挑战。我却毫不犹豫地回答，没问题。李矿长一笑，你得冷静想一想啊。我说，没问题就是没问题，谁让我们是四○一红旗掘进队呢！那天轮到我带晚班，五名工友与我下井。这时，才刚放过炮，坑道里的石头大大小小还掉个不停，一连砸伤了三四个工友，仅剩下我和小蒋没受伤。我们一个一个地把受伤的工友转移出去。没想到，小蒋最后也受了伤。这时，井下只剩下我一个人了。当时，才二十几岁的我，也把力气拼尽了。最后我出坑道时，看到的灯都是花的。我算是带着最后几口气走出来的……"

我不由得感叹道："多危险呀！"

停顿片刻，他才答道："只有身临其境，才能体会那种行走在生死线上的感受。一辈子都忘不了那种经历！"接着，他说："队友们要不是单身汉，要不结了婚，也是半边户，一年才有半个月的探亲假，跟单身汉差不多。那

2号井井架

时，我们从不服输。你今天完成 1 米，我明天完成 1.1 米。七一一矿，就是我们用青春拼出来的。"

他说："如果有队员受伤，或者生病，我会站在坑口，阻止他们下井。"

结束通话时，雷小飞再次连声说道："都过去了。过去了……"

那段时光是过去了，但他们留下的精神依旧感动着今天的我们。

采访雷小飞前，我已经跟王本荣聊了两个半天。他是雷小飞的徒弟，后来接任雷小飞的职务，担任掘进队队长。这时，改称四〇一青年掘进队。

没见他面之前，我听说了王本荣的不少花絮。

大概是 1984 年，王本荣带领一个由 28 名队员组成的掘进队伍，成功完成了一项优质工程。这天，团省委书记来到七一一矿慰问他们。这位团委书记一看王本荣，就说："你太瘦了。"

王本荣笑了笑。

工区团委书记解释道："这阵子搞突击，王本荣身上掉了二十几斤肉。"

半个月后，团省委通知矿里，称他们的书记给王本荣争取到了一个到庐山疗养的指标，结果王本荣把疗养指标让给了队员谢六斤。

问及此事，王本荣向我道出原委："谢六斤年纪比我大。我还年轻，以后去疗养还有机会。再说，我与谢六斤一样，这样努力工作，也不是要赚一个疗养指标呀。"

谢六斤得到这个疗养指标后，非常感动。如果不是王本荣伸手拦着他，他当即要给王本荣鞠上一躬。

王本荣说："谢六斤回来后，他的工作热情更大了，比我这个队长还努力。"

或许，这就是王本荣的一个工作方法吧。

1959 年，部分七一一矿矽肺病患者到衡阳南岳疗养（彭桂清供图）

据王本荣介绍，团省委书记听说这事后，又是生气，又是佩服。时隔一个月，这位书记找到工会部门，再次要来一个去杭州疗养的指标。他明确要求："这次的指标谁都不给，只给王本荣同志，否则作废！"

王本荣这次只好去了杭州疗养。他称，这件事真让他倍感温暖。

我问："听说，你是矿里第一个下井的高干子弟？"

王本荣笑了笑。他接着介绍，他的父亲叫王道修，是矿里一位很有名气的机电总工程师，1958年从江西钨矿调至许家洞。他父亲后来成了七一一矿一位技术权威，很多生产线都是他负责组装和调试的。王本荣印象最深的是他们一家四口住在编号为五栋的小楼。目前，这栋房子还在，也不会被拆除，因为它早已被认定为文物。

王本荣说："我父亲的性格好，老实，从不骂工人，也不指责技术员。他有一个大肚子，人家称他是一个'好肥的工程师'。他退休时，我才从母亲下放的老家招工回到矿里。父亲说我个子高，适合下井，我就被放到青年队。"

那时，一听王本荣被分到队里，有工友就嘀咕：这肯定是一个难管的小子。

王本荣说："很快，他们改变了看法。原来我是一个很懂规矩，也非常随和的人。这当然是我听进了父亲说过的话，下井一定要听师傅的话，跟工友们处理好关系，向他们多学习。他还叮嘱，井下危险当然有，但并不可怕。天下事，都得有人去做。你不乱来，留心几分，也就没事。严父也有一颗慈母心。这就是我的父亲。"

王本荣记得，第一天下井，说是下去熟悉一下环境。当时，他随工友钻进罐笼，结果罐笼往下一落，他一屁股就坐到了罐笼的底板上，还是身边的钱段长一把抓住了他。坑道给他的第一个印象是，即便有点儿灯光，里头也是黑乎乎的。坑道里又闷又热，喘气都有点儿困难。这是他第一次下井的感受。

参观一个上午后，钱段长问他："怎么样，小王？"

"可以，明天正式上班。"

听到王本荣回答得这么干脆，钱段长有几分意外。

工友们猜测，说不定王本荣会马上让父亲找关系把他弄到井上工作。结果，他第二天还真的正式下井了。

在井下，他遇到师傅雷小飞。

很快，工友们发现他们都猜错了。王本荣不仅没调离坑道，还全身心地投入了工作，接连创造奇迹：打钻，他一个礼拜掌握了基本要领；一个月，他出了师；六个月转正时，雷小飞就让他当了班长，一个班6个人。王本荣说："我们就是一个小集体。一个人放炮，两个人打钻，三个人出渣。我们分工明确，团结互助。"

他说："那时候，生产条件太不理想了。就说清理坑道矿渣吧。当时没轨道车，全靠人工清理，手上的工具也很简单，畚箕加耙子。清渣装备就是这个样子。但我们很自信。坑里闷热，我们就将衣服全脱掉，光着屁股干。有一天，突然来了一个女的，我见了也故意没吭声。刚好我身后有一个年轻工友，他一见有女人突然现身，来不及穿衣服，忽地钻到风洞里。风洞中的风也蛮大，吹久了会让人感觉冷嗖嗖的。我跟女人搭上话后，故意把时间拖得长一点。那工友只得催我，王师傅，我屁股要结冰了，快点儿让她走吧。在井下干活很闷的，我们常常会找点儿乐子。比如说一说谁的女朋友，比如讲一个友人的琐事，比如评论一部刚看过的电影。师傅雷小飞这个自我减压、自我放松的方法，被我和工友们学会了。"

在王本荣家里，我看到挂在墙上的他的一张照片。王本荣说："那是 1984 年，在 4 号主井 8 号坑口拍的。"

那天，北京来了一个女记者，下到井里要给王本荣带的队伍拍实景照片。但女记者发现，到了井下镜头起雾。当时，相机也是很珍贵的东西。女记者怕相机受到损坏，便让王本荣带领工友们到坑口拍个集体照，又特意给王本荣单独拍了一张。

这张照片的复制品如今被挂到了展馆里。

王本荣说："在原核工业部，也挂有我的照片。因为这张照片，我与女记者有过一次很意外也很特别的重逢。

当然，这是几十年后的事啦。就在七一一矿的一次纪念活动上，这位女记者又来到七一一矿，走进我家采访我岳父。我岳父是一位老八路，在七一一矿工作了几十年。女记者看到墙上挂着我那张 1984 年拍的照片时，马上惊喜万分地冲我问道：'你就是王师傅？'那一刻，我看到女记者的眼圈刹那间就红了。她当时的心情哪会不复杂？是的，这么一个看似很普通的重逢，其实来之不易。岁月无情啊！"

当天，女记者又给王本荣单独拍了一张照片。

女记者离开王本荣家时，跟他挥了挥手。也许，她那双含着泪花的眼睛，期待着下一次的见面……

三

见到彭云太时，我发现他仍像展馆照片上一样憨厚。

他一开口，即跟我聊到"铁人"王进喜。他说，他去过大庆油田，特意跑去参观了当年的 1025 钻探队。他说："能亲眼看一看 1025，是我彭云太一辈子的荣耀，真是有一种满足感。"

彭太云称，小学也没读几天的他，参加工作时连自己的名字都不会写。后来靠上夜校，翻看新华字典，向同事请教，他终于能拿笔写发言稿了。他说："我最喜欢写的一句话，就是'铁人'说的，'宁肯少活二十年，也要拼命拿下大油田'。"他以前藏着一本连环画，还是在大庆新华书店买的。根据他的描述，我通过搜索，发现它是上海人民出版社在1971年出版的《"铁人"王进喜》。我说："小时候，我也买过这本连环画。"由此，我跟他的交流有了更多的话题。

彭云太发自肺腑的讲述，让我明白了，王进喜就是他一辈子的偶像。

有一次，他在井下水仓作业时，头部被绞绊机砸伤了。工友帮助他做了简单的包扎，工区区长见他伤得很重，当即下令："把他拖上井去，锁在房间里，一定不许他再下井。"

但他不愿意离开作业区。看到工区区长发脾气了，彭云太却露出笑脸说："王铁人腿伤得那么重，他还带头跳进泥浆里用身体搅拌泥浆。我这点儿小伤算个啥？"

由于彭云太工作突出，他很快就成为三〇四青年掘进队的一名正式队员。之后，又担任了队长，这年彭云太才24岁。

他带着青年突击队打了一个又一个漂亮仗。

突击队曾接到一项紧急任务——在井下挖水沟。47摄氏度的热水在脚下哗哗流过，烫得他们的皮肤通红，有的人还被烫伤了。彭云太说："困难摆在眼前，你不把它当回事，它也就不算事。"他带着队员打钻、放炮、出渣、砌砖，一道道工序都在速战速决。

"彭队长，堵水的黄泥墙被冲垮了！"

有队员向彭云太报告。这时，已经到了下班出井的时间，他果断决定："重建堵水墙！"

接着，彭云太带头跳进热水中，进行紧急作业。

他说："那天在热水里，我一口气泡了差不多两个小时。"

"泡两个小时？"我难以想象那是一种怎样的煎熬。

"差不多两个小时。"彭云太纠正道。难怪听老工友介绍，彭云太干活儿和说话都很认真，一是一，二是二，绝不含糊。他说："干活儿时，我们真没感受到水热。但从水中出来时，有工友就跟我开玩笑说，彭队长，你小腿上的毛都可以拔下来了。连续几个晚上，我都没法睡觉，总觉得怎么睡身子都疼。有工友建议，拿两支冰棒往身上滚一滚，应该会好受点儿。我还真那么试过。"

当时，主矿带 80 米中段成为全矿的重点攻关工程。

彭云太说："最大的挑战就是这里有一处名符其实的火焰洞，水温高，气温高，又热又闷，但这个挑战必须战胜！"

他带着突击队队员进行突击掘进。而且，他以身示范。

如今七一一矿工业文化实践教学基地展馆墙上还写有他当年时常挂在嘴边的一句话："永远按照共产党员的标准严格要求自己，做'王进喜式'的工人，永远自强不息、奋斗不止，在地层深处为党为人民继续默默奉献。""年过二十五，月月三十五（班），天天把劲鼓。"

他是这样说的，也是这样做的。

据矿里的资料统计，彭云太 6 年干了 10 年的活儿。

彭云太是一个很少顾家的人。他的家在桃源农村，有妻儿和年迈多病的老母亲需要照顾。他从 1971 年参加工作到 1978 年，只请过两三次探亲假，每次假期没休完就赶回矿里上班。那年，正是矿里组织大战四季度的紧要关头。他的老母亲突然病危，家里连续两次来电报催他速回。但在这个节骨眼儿上，他没有回去，只是给家里寄了一点儿钱。他从邮局出来时，刚好看到一个老大婶在晒太阳，彭云太的目光久久地落在她的身上。这一刻，他双眼闪着泪花。这一刻，他想起了病危中的老母亲……

于是，七一一矿流传一句话："大庆油田有'铁人'王进喜，七一一矿有'铁心'彭云太。"

这话当然是有缘故的。

再举一个例子。那时候，彭云太的妻子李岳云在桃源县做乡村教师。1976 年，他们匆匆完婚后，夫妻从此分居两地，过上了"家书抵万金"的日子。第二年的一天，彭云太接到妻子的来信，信才看到一半，便喜上眉梢。

工友见了，当即问道："队长，嫂子要来矿里看你了吗？"

"喜从天降。再过几天，我就要做爸爸了。"

听到彭云太的好消息，工友们纷纷向他表示祝贺。但彭云太脸上的喜悦却突然消失了，转而凝重起来。

"家里还有什么事？"工友们关切地问道。

彭云太说："老婆想让我休假，回家照料她分娩和坐月子。"

"你早就攒了不少假期。再说，总不至于你把假期拿到退休后再休吧。你休假照顾嫂子生孩子，也是人之常情啊。"

"我们青年突击队才刚刚接到新任务。探亲假 12 天，还有路途假 10 天，我拿不出这么多时间来呀。"

当天晚上，他给妻子写了一封信，除了问候，就是希望妻子谅解。直到 1979 年秋天，他才回了一趟家。这时，他已经是部级劳模，矿领导安排他外出，特地嘱咐他顺道回家看看。他回到家里时，大儿子已经两岁，正牙牙学语呢。

1982 年 10 月，妻子要生第二个儿子时，仍是表达同一个愿望，希望他这次能休一回探亲假。这次，彭云太答应了，但最终还是因为生产赶进度，没能回到妻子身边。

在采访三〇四青年掘进队队员时，他们也讲述了彭云太的两件事。

有一次，放炮后，彭云太带着两名队员进坑出渣。突然，一名队员被彭云太猛力推了一把。原来，一大块刚才被炸松了的渣石忽地落了下来。彭云太一看，连喊话的机会都没有，他不顾一切使尽全身力气猛扑上去。还好，彭云太顺着惯性也扑了出去，渣石只砸在他的腿上。

还有一次，彭云太把自己的口罩给了忘记带口罩下井的一个工友。排渣时，彭云太却冒着硝烟第一个走进了坑道。

谈及这两件事时，彭云太很平静地说："他们怎么老是记得这些事呢？我早忘了。要说救人，我也被人救过好几次呢。"

我好奇地问他："你这辈子获得了不少奖，能让我看看当年的奖状和证书吗？"

结果他说："很多都被人拿走了。"

"怎么会被别人拿走呢？"

"他们说有用。"

"没写借条吗？"

"没有。他们说有用，那就拿去吧。放在我这里，也就是丢在抽屉中。我真记不清楚是些什么奖状了。"

不过，我在一本旧笔记上发现了彭云太抄录的当时很流行的一句话：青春万岁。彭云太笑着说："这'青春'两个字没写好。"

"彭师傅，你的'青春'是写得最美丽的。你把自己最完美的青春奉献给了铀矿事业。"这不是我信口开河的话。

因为在展馆里，彭云太的照片之下，有这么一段文字：

1975 年开始担任新组建的三〇四青年掘进队队长，担负着主矿带 80 米中段的开拓掘进任务。他带领 20 多名青年工人，以"困难面前有我们，我们面前无困难"相互勉励。在"火焰洞"奋战八年，全队年年超额完成任务，年年被评为矿先进集体。1979 年，该队被二机部命名为"红旗集体"。1977 年，他代表青年队参加了全国工业学大庆会议。1979 年 8 月，被二机部授予"劳动模范"称号。同年 12 月，被团中央授予"全国新长征突击手"称号。

我想，这就是最美好的青春记忆。

天下还有这样的妈和爸

在七一一矿做采访时，很多人向我建议，一定要去采访当年矿里的总工程师王瑶心。

其实，我跟王瑶心也算是熟人了。与她两次在矿区相遇，聊了好一会儿。后来，一块参加座谈会，也说了不少话。我应约走进王瑶心家的小院子时，她已经泡好了一壶茶。

这是秋季的一个下午，太阳暖洋洋的。

王瑶心出生在 1936 年。我很惊讶，她不仅能想起当年报到的地点是在衡阳，还记得门牌号：解放路 240 号。这地方当年是二机部湖南局所在地。在衡阳，她住了七八天，主要接受保密教育。

问及往事，王瑶心说了众多同事的种种贡献。她描述了当年艰苦创业、感天动地的场景，她尤为深情地回忆了两件事，一件是在人民大会堂跟朱德等党和国家领导人合影，另一件是她听到过周恩来的声音。

我明白，这并非一个简单的故事，它一定有着传奇色彩。至于翔实的过程，她一直没介绍，却强调以前的工作是大家一块儿做的，不能算在她头上，她是这个团队的一分子。

　　于是，我去见了王瑶心的女儿罗春。她还没开口，泪花便挂在眼眶上。她说的第一句话便是："作为他们的女儿，我也是难以想象，天下竟然还有这样的妈和爸。"接着，她跟我讲述了她的母亲和父亲的往事——

一

　　要说我妈，她是一个没有"家"这个概念的人。反正那几十年里，我们家从没吃上一顿年夜团圆饭，因为我妈就像一个天生不守时吃这顿团圆饭的人。这是我最深刻的一个记忆。

　　那时候，我很小。

　　又是过年。记得天空飘着雪花，雪一阵一阵地下。我站在雪地上等着我妈回来，也不知道在雪地里等了多久，天发黑时，我突然有了惊喜。我回头冲家门喊了一声："我妈回来了。"因为我看到雪地中一个人影朝我们家奔来，我立即扑了上去。

　　我要迎接我妈！

　　结果，不是我妈，是我妈的一个同事的叔叔。我妈托他上我们家捎一句话："王工还在忙，一时回不来。你们先吃饭。"

那时候，过年总是有雪下。

我还记得，还是一个除夕。我领着两个弟弟站在家门口，同样是在等着妈妈回家。这时，架在电线杆上的大喇叭正在播放《东方红》歌曲。接着，家家户户开始放鞭炮。大弟仰着脸问我："姐，妈不要我们了吧？"

"妈不要你们，奶奶要你们。"

这时，奶奶出来了。奶奶把我们领回屋里，一块围着桌子坐了下来。奶奶笑眯眯地说："奶奶讲两个你们没听过的故事。"奶奶很会讲故事，讲了一个又一个，一直到凌晨一点多钟，我妈才回来。

那天晚上，我们家又是整个矿区最后一户放鞭炮的人家。

记得我爸说："这串鞭炮既算除夕放的，也算初一放的。一放两得。"

我爸爸是个很幽默的人。这当然是我的印象。我长大后，才知道爸爸也有很多的无奈。

我妈甚至不记得她的女儿和儿子的生日，她每次都会把我们的生日弄错。我奶奶跟我妈说："还好，还好，你能记得女儿是老大，记得他们都是你亲生的，不是我这个奶奶捡来的。"

我奶奶没去世前，我妈不会做饭，也没做过饭，一餐她都没做过。一日三餐都是我奶奶做。哪怕我妈妈的衣服，也是我奶奶帮她洗。我奶奶是 1964 年来矿里的。当时，我正在我妈妈的肚子里。我奶奶是解放军战士到我们老家广东梅州去接的，再把她带到七一一矿来的。从此，我奶奶一步也没离开过许家洞，直至 1995 年离世。这 32 年间，我妈妈没做过家务。我奶奶不在了，我妈才开始学做饭，那时候我妈都快 60 岁了。

这时，我和两个弟弟都成了家。

有一次，我回家见爸爸正在吃妈妈做的菜，便问："好吃吗？"

"不好吃能讲吗？"爸爸带点儿顽皮地回了一句。

面对我妈，我爸爸一切都习惯了、适应了。

在我的印象中，好像少了我妈，这七一一矿就不转了。我说的是一句很有情绪的话，但七一一矿上的工友听了我这句话，却很认真地说道："少了你妈，这七一一矿还真是不转了。"

能来七一一矿工作，我妈觉得很荣幸，仿佛她注定是来许家洞献青春、献一生的。那是 1961 年，我妈从中南矿冶学院机电系毕业。毕业时，学校通知她到石家庄中国人民解放军总政治部装备部报到。报到时，她却被告知已经被紧急改派到二机部工作，说是二机部那边要人。要人的理由也很简单：我妈俄语好。读书时，我妈俄语每次考满分。她们班 32 个同学，其中 2 个女生，她是班花。

这次改派，是经周恩来总理亲自审定的。我妈后来常说，她是周总理派到七一一矿的。这个原因，成为我妈妈一辈子努力工作的力量源泉。

矿里非常看重我妈。当时矿里的人事干部郭文学一看我妈递上的介绍信，话都没跟我妈说一句，拿起电话就兴奋地跟负责生产的副矿长于振铎报告："来了！来了！王瑶心同志来了！"

于振铎是一个老八路。他听到后，马上就冲到了人事科。他一把抓住我妈的手，紧紧地握着，说："盼星星，盼月亮，终于把你盼来了！"

原来，七一一矿急需建设一座预选厂，它是苏联援助中国的 156 个项目之一。但苏联专家撤走了，只留下一堆图纸资料。当时，矿里没人敢去整理，也没人有这个能力，所以我妈才被派到了七一一矿。

这座预选厂，当时全国也仅有这一座。

当时，国家把它当成一个神秘又重要的大工程。预选厂不投产，即使挖出了矿石，也没法炼出铀来。周恩来总理亲自抓这事，这已经不是什么秘密了。当时七一一矿机要室里有一部红色保密专线电话，北京那一头就是周总理，七一一矿这边只有两个人有权使用这部保密电话，一个是于振铎，另一个是我妈。我妈讲纪律，到现在也只说自己听过总理的声音，其实她是一个与总理直接通话的人。组织上当时给我妈定了一条"三不原则"：不宣传、不提拔、不调动。后来，我妈听到习近平总书记夸奖中国原子能人"做隐姓埋名人，干惊天动地事"时，她激动得热泪盈眶。

我爸跟我说过："你妈那时胆子真大，竟敢立军令状。"

那时，我还小，哪知道"立军令状"的意思呢？

我妈说，当时总理问："王瑶心同志，能不能快点儿？能不能再快点儿？"

我妈毫不犹豫，脱口而出："好！"

这就是我爸说我妈胆子大的原因。

周总理听到七一一矿预选厂提早投入生产的消息，在电话中又表扬了我妈。那些日子，我妈钻在资料堆里，一页一页整理，然后一页一页验算，再一项一项建立体系。哪怕她到了七一一矿一年多时间，都找不到许家洞老街，连女性用品也是托同事帮着买的。她几乎不出办公室，吃住都在办公室。我妈后来说过，这部保密电话有一个规定：三天通一次电话。总理还特意交代，重要情况可随时通话。那时候周总理真是日理万机。那么大的一个国家，当时经济状况又不太好，不知道有多少事要让总理操心，可总理就是放心不下七一一矿。正是因为知道七一一矿在总理心中的分量，作为刚毕业的一名女大学生，我妈才有一种神圣的使命感。

这种使命感，让我妈很自豪，却也让她成为我们心目中"最不称职的妈妈"！

预选厂终于提早成功建成并投产了。

我妈成了功臣，所以，1967年底，部里通知我妈，上北京参加一个重要活动。那时，我妈又怀孕了，反应特别大，一直哇哇地吐，吃不了带半点儿油腥的东西。我妈就跟矿领导提议，换一个同志前往。部里不同意，一定邀请我妈参加活动。后来，几级领导特意指定医生和护士照顾我妈。到了北京，12月31日这天，我妈才知道是党和国家领导

1963年4月20日，我国第一座放射性预选厂建成，实现采选结合，填补了我国放射性选矿事业空白

要接见劳模、技术员。在前门饭店吃完中饭，下午2点钟集体坐车前往人民大会堂。跟刘少奇、朱德、叶剑英等领导合影时，我妈刚好站在朱德身后。朱德知道我妈来自哪里，握着我妈的手说："小不点，中国的原子弹事业就靠你们呐。"合影后，他们又去参观了湖南厅、新疆厅。晚上7点钟来到大宴会厅。很快，毛泽东、周恩来走进了大宴会厅。我妈一辈子都把这事当成荣光。

七一一矿很多工友也颇为自豪地说："我们矿里有个王工，见过毛主席，见过周总理，见过朱总司令！"

在工友和家属们的眼里，我妈就是一个大能人。我妈负责井下机电工程，坑道里有多少米电缆，有多少台设备，这些设备的具体位置，她都一清二楚。我记得有一次，来了一个紧急电话，说8号井某个位置的机器出现了故障，经过几名值班技术员抢修，仍无法正常使用，已经影响了正常生产。我妈很冷静，说："你描述一下故障情况。"听完介绍后，我妈说，你们马上检查某个位置，应该是两颗螺丝松了，导致线头接触不良。技术员马上检查，果真是这个原因。松动的螺丝不是一颗，也不是三颗，刚好就是两颗。

我妈真是一个不合格的母亲，却是一个非常合格的工程师。

二

再说我爸。

我爸叫罗佛洪。他跟我妈同一年来到许家洞，也是经周总理同意改派到这里的。

我爸学医。他是同济医学院的高才生，最初是分配到解放军总医院工作。毛主席当时下了决心，举全国之力也要搞成原子弹，全国各地方方面面的人才也都被派往许家洞。

我爸做过林巧稚的研究生。林巧稚是我国杰出的医学家，擅长妇产科，所以我爸也很擅长妇产科。在子宫内倒转手术领域，他当时在郴州是第一人，被他救下的孕妇及孩子不计其数。我妈说，你爸天生就是一个做妇产科最具挑战性手术的人，因为我爸的指头又长又细，又很柔软，好像里头没骨头一样。我爸却说："指头软不是关键，还得是心软。"心软，是一种由心而发的"大爱"。我爸在治病救人中所表现出的体贴都是由心而发的。

那时，矿里常有事故发生。当时，就是那个生产条件。一有事故发生，我爸一定是第一个赶到现场的医生。

有一次，父亲要钻进刚刚发生事故的8号井。一位工区长当即一把抓着我爸的手臂："罗院长，你不能下去。

1964 年，中国第一颗原子弹成功爆炸以后，国务院对核工业建设更加重视，同年 10 月陆续从各大学调来大学生，参与核工业建设

目前井下情况不明。""情况不明，更是有人需要我救助！"父亲坚持要下井，工区长立刻亲自带上几个工友护着我父亲走进坑道。

那时候七一一矿的互助互帮精神，至今仍会感动我们这些"矿二代""矿三代"。

还有一次，也是突发事故。一位工友不幸遇难，脑袋被矿石砸得不像样子。我爸钻进井下，就在现场给这位遇难者的头进行一点一点的复原。旁人看到这个场景，都劝我爸，差不多就行了。但我爸说："作为死者家属，看到亲人受伤的模样，一定会很痛苦。我要还一个完整的死者遗体给家属。"后来我爸说，这是一位医务人员对死去工友的尊重，也是对家属的一个最起码的交代。这场"做头"的"特殊手术"整整花了我爸两个多小时。脑袋复原后，我爸又用绷带认认真真地把它包扎好。然后，我爸在这位工友的遗体前鞠了三个躬，接着，我爸还发出一声长叹。

我爸的那颗心，真是肉长的。

在医院里，我爸是院长，也是主治医生，更是一个替补员。做手术缺麻醉，他就是麻醉师；缺助理医生，他就是助理医生；缺护士，他就是护士。如果门诊打针的护士不够，他也给患者打针。

他在同济大学学的是西医，但到了七一一矿后，他开始自学中医。我父亲为什么自学中医？原来，父亲发现许家洞这个地方瘴气很重，工友们极度不适，甚至出现很多症状。我父亲相信中医，认定中药可以更好地治疗这些毛病，也可以帮工友们调理身子。

后来，工友们跟我说："你爸的中医比西医更厉害。"

我爸成了一名真正意义上的全科医生。

不仅在七一一矿，在整个郴州地区，我爸爸的名声都很响。他也会定期跑到矿区周边的山区里巡诊，帮助当地老百姓解决"看病难"的问题。在我的印象中，有一个叫陈家楼的山村，我父亲去一趟，要步行两个多小时，每次都要半夜三更才能回到矿里。我爸爸曾说，只要到了我爸约定的巡诊日子，村里人都会早早地站在村口等候。我爸爸离开村子时，村里人又会送我爸出村口，还有老乡打着手电筒护送我爸穿过山林。前些日子，我回七一一矿时，遇到陈家楼一个老乡，他说，我爸爸在二十几年前给他开过一个中药方子，现在他仍保存着。他患的是慢性病。一旦觉得身体不舒服，他便会拿出这个方子去抓几剂药吃。

还有一件事，我也记得特别清楚。

当时，我爸爸已经退休了，但仍在一家医院坐诊，这也叫发挥余热吧。有一天，来了一个中年男人，说他患了一种特别的病，花了30多万元，仍没治好。那年头还不能刷卡。他来见我爸爸时，双肩包里塞了好多钞票。结果，我爸爸诊断后，只给他开了两块四毛钱的药。这个男子的脾气很暴躁，也许久病所致，当即破口大骂，说："你是一个庸医吧，人家随便一开，不是几千，就是一两万，也没有治好我的病。你怎么只开这点儿药给我？你把我当成了要饭的了吧。"说罢，他从双肩包里掏出一大把钱摆在我爸跟前，要让我爸帮他开最好的药。我爸说："我是医生，当然讲医德。我不会随便开药，更不会按照你的想法开药。听我一言，你不妨拿回去吃吃看。不行，再来复诊。"这男子仍是非常恼火，这事把医院的院长也惊动了。男子最后愤懑而去。过了一些日子，这男子直接找到我家来了，跟我爸说："罗医生，吃了你的药，我的病好了一半。能不能再开点儿药，你怎么开，我都信你。"

在人们的眼中，我爸是医生。而在我们儿女的眼中，他是爸爸，也是妈妈。他平时会与我和两个弟弟，有很多互动，甚至他会挤出时间检查我们的作业。有一次，他在给我做辅导时，一个电话打过来，我爸把我的课本一扔，转身就走了，那时一道题才讲了一半。是的，我爸也很忙。他常常不回家，不是在抢救工友，就是在给病人做手术。

三

我妈怎么会跟我爸走到一块儿的呢？这里头还有一个不一般的故事。

有一天，我妈被副矿长于振铎找到他的办公室，端给我妈一杯茶后，于副矿长笑眯眯地说："瑶心同志，年纪不小了，也该考虑个人问题了。我给你介绍一个对象。"

"对、对象……"我妈事先没有半点儿思想准备。这时，她说不上是尴尬，还是腼腆，也许更多的是感觉到这事来得太突然，她有点儿不知所措。

"这个人叫罗佛洪，就是医院里那个高大英俊的'罗长子'。"于振铎介绍了一番。我爸个子很高，1.92米。我妈才1.50米。

"于矿、矿长……"我妈当时似乎有话要说。

但于振铎马上又说话了："你还不相信我老于的眼光吗？你呐，别去想什么了。这事，就这么定了。"

接着，于振铎又找到我爸爸。

他说："佛洪同志，你来我们医院工作已经有一段时间了，表现非常好，你会有很大作为的。现在，我给你介绍一个对象。"

我爸爸一听，瞪起一双大眼睛，张嘴也想说话。

但于副矿长把手一抬，就把我爸爸想说的话给堵了回去。于副矿长说："这姑娘叫王瑶心，是我们矿最年轻的女技术员，小巧玲珑，很漂亮。我老于知道你想说什么，我这里把话直接挑明吧，让你娶王瑶心，组织上是经过慎重考虑的。这事你自己知道即可。你的任务就是一个，好好照顾王瑶心，不是照顾一天两天，要照顾她一辈子。"

我妈妈真是矿里的"宝贝"。哪怕曾外祖父去世，我妈妈回武汉奔丧，保卫科武装人员也是一路陪护着，形影不离。哪怕在灵堂前，也不允许有人靠近我妈。

让我爸娶我妈，组织上做出这么一个安排，是有它的原因的，当然是因为我母亲。我母亲年轻时有痛经的毛病，疼起来满床打滚，每次要疼上几天，这几天都没法正常上班，当然也影响工作。矿里领导看到这个情况，心里很着急，但他们很快就想到一个好办法，找一位医术高明、品德优良的医生做我妈的伴侣。于是，他们挑中了我爸爸。

他们在背后还对我爸做了一番非常细致的考察。娶我妈，那真是不容易。

但当时为什么我妈、我爸面对"天降大喜"的反应都那么一致，似乎都有话要说？原来，那时候不管是我爸，还是我妈，俩人都有了心上人。我后来喜欢跟我妈、我爸调侃"这叫拆散两对成一对"。

不过，他俩也是有缘之人。俩人不仅是1961年8月几乎同时到达许家洞的，而且在这之前，他俩竟然还见过面。第一次见面是在武汉的一次同学聚会上。做东的是我妈的一个同学。在这场同学聚会上，两人给彼此的印象就是一个矮小，一个高大。来到许家洞不久，我妈因为痛经去找医生，结果一进职工医院的门就与我爸遇上了，两人几乎同时惊喜地叫道："你也在这儿？"

我妈和我爸结婚的日子选在1963年8月29日。1963年4月20日，中国第一座放射性预选厂在七一一矿调试成功，其中我妈的功劳不可磨灭。1963年8月1日，湖南二矿，也就是后来的七一一矿全面建成投产。1964年10月16日，中国第一颗原子弹爆炸成功。你说这个预选厂有多重要呢？

8月29号这天晚上，在矿长李太英的亲自主持下，矿里为他们举行了一场简朴而隆重的结婚仪式。作为介绍人，于振铎热情洋溢地讲了一番话。我爸和我妈买了一些花生、瓜子、糖果和饼干招待客人。李太英矿长要新婚夫妇介绍恋爱经过时，他俩相视一笑。这一刻，两颗心已经融在一起了。我爸示意我妈先说，我妈抬头看了我爸一眼，朗声道："举头望明月。"

我爸随即接着说道："低头思故乡。"这太绝妙了。我妈、我爸沿用唐代诗人李白的诗句，巧指俩人的身高差距，却又表达了在七一一矿报效祖国的情怀，当即引起大家的共鸣，掌声、叫好声经久不息。

从那一天开始，我爸真的成了我妈的护花使者。在我的印象中，我爸这辈子从没跟我妈说过一个"不"字。

那时候，岗位安排、人员调动，我妈说了算，包括招工，我妈也有发言权。我年纪很小，平时看到好些人来找我妈，我当时真不知道这些人找我妈干什么。住在对门的劳资处处长曲伯伯，是山东人，他用一口很浓厚的山东口音跟我解释："来找你妈要工作的，你妈说话算话。"后来，我很不明白地问我妈："那时候你有招工的权力，怎么不把我爸的两个外甥招进矿里呢？"我妈给了一个说法："不符合条件。"我说："你负责招工，我爸负责体检，怎么会符合不了条件呢？"我妈说："不符合条件就是不符合条件。"我爸的两个外甥一辈子都在老家务农。我曾经问过我爸："你当年没跟我妈说过这事吗？"我爸回答得很干脆："没有，我不能给她添麻烦。"

其实，我爸当时也很忙，毕竟是一个主治医生，口碑又好。后来，他当了院长更忙了，但他仍十分精心地照顾我妈。说实话，我爸是用他一辈子的忠诚、担当、呵护和包容，完成了当年组织上交给他"照顾"我妈的使命。在我爸的心里，我妈就是他的"女神"。

2017年，在我爸离世那天，我妈紧紧地攥着我爸的手，眼中噙满了泪水说了两个字："谢谢！"

结束采访时，罗春和丈夫把我送了出来，她很认真地跟我说："我也不知道天下还有这样的妈妈和爸爸。但我们家最该感谢的是我奶奶。我奶奶是一个没拿一分钱工资，却为七一一矿做出了特殊贡献的老人家。"

在采访过程中，我也有这样一种感觉。

这位老人家真的应该得到我们无限的崇敬。

记得采访王瑶心时，她特意在我的采访本上写下一句话："只有自己强大，有自己的核武器，才能保卫我们可爱的国家。"

时间是2023年11月16日。

一位快九十岁的老人，她的字依然刚劲有力。时至今日，她心中仍有一股信念的力量！

"6 · 16" 抢险记

七一一矿工业文化实践教学基地展馆墙上写有一段很凝重的文字："1984 年 6 月 16 日矿山发生的重大淹井事故，关系七一一矿的安危，是对七一一人的生死考验……"

《国营七一一矿史（1958—1986）》一书中则翔实记载："1984 年 6 月 16 日，七一一矿主矿带 80 米中段 114 号石门在掘进放炮后，突然涌出大量热水，涌水量每小时高达 4934 立方米，水温高达 54 摄氏度。当时中段涌水量达每小时 5800~6200 立方米，超过正常排水能力一倍以上，造成主矿带和东矿带 180 米中段以下 6 个中段被淹，2 名现场作业人员不幸遇难，3 名抢救人员光荣牺牲……"

这突如其来、惊心动魄的一幕，七一一矿永远不会忘记。

1984 年 6 月 16 日，下午 2 点 58 分。

矿坑里发出一阵有点儿闷的巨响，这是 80 米中段 114 号石门在掘进放炮。这炮声，与平日没什么不同。过了一会儿，工友们开始进坑排渣。

灾难还是来了。

仅隔六七分钟，两名工友给值班室打电话紧急报告："坑道内突然涌现大量热水！"

"水量有多大？"曾祥春作为当班值班长，这时握着话筒很冷静地问道。因为热水涌现早已是坑道作业时的常见现象。很快，站在一侧的工区调度员发现曾祥春的双眼猛地瞪大了。曾祥春一拳重重地擂到桌上，桌上的一只搪瓷杯也惊得跳了几下。

"怎么会这样？"曾祥春狠狠地叫嚷了一句，就马上

1984年6月16日，地下涌水淹没矿井

拨通矿调度室的电话。114号石门一处涌出大水的消息被迅速上报。矿调度室当即全力进行调度。他们发出第一道命令：80米中段泵房立即做好增开水泵、实行大流量排水的准备。在这之前，坑道里只开了一台680千瓦的水泵。

与此同时，曾祥春下令部分工友在重车道防水闸处堵水。不过，曾祥春的脸色很快发青了。他得到最新报告：井下的水势汹汹，已经到了难以控制的地步。

李国凤的眉头跳了跳。这位生产副矿长当时正在矿部大楼会议室主持会议，他听到紧急报告后，马上中止了会议，非常冷静、果断地下达命令："全矿动员，立刻启动抢险预案，尽一切可能排水保矿！"

接着，李国凤带领有关人员匆匆赶到事故发生地。这时，另一位矿领导梁启昌带着消防车和救护车，一路呼啸地开到了井口。

前线指挥部正式成立。

井下的情况越来越复杂，越来越糟糕。刹那间，七一一矿迎来了一场生死考验。《国营七一一矿史（1958—1986）》中翔实地记录了当时的险情："16点45分，第四台680千瓦大泵投入运行。水仓水位仍在继续上升。17点20分，准备启动第五台大泵时，80米中段变电所进水。17点30分，配电工被迫撤离变电所。随后，80米中段变电所跳闸，南部变电所256-2电缆头A、B相继烧断，停止运行，80 米中段停电。17 点 37 分，主矿带 80 米中段被淹……"

"立即挖运黄土，避免坑井被淹！"李国凤仍是一个目标：保井。即便他知道，80 米中段水势越来越大，随时都有淹井的危险。

四工区立刻执行命令，100 多名工人紧急挖运黄土，全力做好封堵与四号副井相通的东矿带 10 米中段以及 90 米中段与主矿带 80 米中段相通水井的准备。

"报告李矿长，80 米中段涌水量已经强势过了四号副井，正迅速灌进东矿带 10 米中段。"

李国凤似乎骂了一声什么。

接着，他不得不做出决定："放弃吧。一定要确保人员安全！"

《国营七一一矿史（1958—1986）》中记载："23 点 02 分，因东矿带排水能力不够，被迫切断 90 米变电所的高压电源，东矿带被淹没。"

这一刻，井下作业区成了最紧张的"战场"。

在采取紧急措施全力保井的同时，井下作业人员的撤离和抢救工作也在紧张进行。梁启昌带领一支抢险小分队直奔井下，冒着危险，迅速抵达 80 米中段。看到梁启昌出现，正在井下进行抢险的工友们顿时多了几分斗志。梁启昌目睹井下抢险那惊心动魄的场景，深为感动。他甚至想，难道这一批视死如归的工友还不能阻止险情恶化吗？但监测人员很快向他报告："涌水太大，越来越大！怕是难以控制，水泵房、变电所顶不住了！"梁启昌毫不迟疑地回答："我们撤！人员安全要紧！"然而，变电所被淹，井下一片漆黑。有工友用手往前摸一摸，仿佛摸到一个深不见底的黑洞。

"我有手电筒！"黑暗中，有人叫道。

坑道中终于有了一道微弱的手电光。梁启昌说："一定要把救出来的工友安全送出去。"在相互搀扶下，十几位工友被送上罐笼，成功出井。听到这个消息，梁启昌长出了一口气。旁边有人提醒他："矿长，你也撤吧。这井下随时有危险！"但梁启昌一摆手，大声地说："先别管我。我们要确保万无一失，不能丢一个工友在井下！"接着，他带领小分队继续往前搜索，蹚着热水边走边喊："有人吗？有人吗……"

时间一分一秒地过去。

水泵停了。

热水一个劲地往上涨，整个空间弥漫着热气腾腾的水雾。梁启昌把手搭成喇叭状，再次大声喊了一阵。他见井内没有回音，便命令小分队往罐笼口摸去。此时，井下所有通信信号完全断了，几名小分队队员相继晕倒。梁启昌喊道："一起回撤！"进入罐笼后，他大声提醒队员："每人拿一根铁棍敲打罐笼和管道。"他们凭这敲打声，将回

1984 年 6 月 16 日，
抢险救灾现场

撒的信号成功传到井上，终于，罐笼徐徐上升了。

梁启昌刚刚舒了一口气，就晕倒在罐笼里。

井口则再次紧张起来。

三工区在 80 米中段作业的人员全部成功撤离。这时，一个工友突然大叫起来："李佐根、袁光杰还在井下！"李国凤一听，忽地扭头向喊话的工友望去，很快，他弄明白了情况。原来，从四工区借调到三工区刚两个星期，在 4 主 -1 号天井担任打深孔任务的李佐根、袁光杰二人，由于当班人员不知道他们具体的作业地点，所以没有及时通

145

知到他们。李国凤当即觉得一块大石头压到了心上。

"我去救人！我师傅带我去过那地方！"说这话的是朱金龙，他并不是三工区工人。他当即给了一个理由，前一阵子，他随师傅王本荣去过三工区，知道4主-1号天井的具体位置。本来，朱金龙已经在下午2点下班了，但他特意来到调度室，想看看生产进度。也许，他有了明天与兄弟班组再赛一把的念头。跟调度员聊了几句，他就坐在调度室门口一张长椅上休息。上午跟工友一番紧张比赛后，他的体力消耗了许多，不过他的心里美滋滋的，比赛的结果是他又创造了自己掘进的新成绩。听到井下出事的消息，他马上向调度员了解了大概的情况，然后拔腿就跑到了井口。听到有人被困井下，朱金龙当即请命。

"朱金龙，那里太危险！"有个工友提醒道。

朱金龙嚷道："他们困在井下更危险！"

周志立和黄海清也站了出来。这时，工区直属队长刘天富跟朱金龙说道："你别下井吧，你还没结婚呐。"

"你们都有老婆孩子，我没有后顾之忧。"朱金龙说道。

一个不幸的消息这时传了过来，李佐根被水冲至4号主井摇台边，已经死亡。

周志立说："没时间耗了！"

当即，指挥部同意周志立、朱金龙和黄海清下井。然而，这时4号井已经不能下人了。怎么办？朱金龙说："从

2号井下，我们再拐进4号主井搜寻袁光杰！"他的建议得到周志立与黄海清的赞同。他们带着充气轮胎，乘罐笼下到井底，然后打开仅有的一支手电筒，沿水前行了一段。周志立说："水太烫了！想把我们烫熟吧！"朱金龙灵机一动，说："爬上管道！"

于是，他们仨小心翼翼地攀上管道，艰难地往前爬行。巷道内一片漆黑，管道下又是滔滔奔涌的热水，炙热的高温灼烤着肌肤。他们感到头昏脑胀，胸闷气短。

黄海清爬在最前面，回头说："嗯，小心！"

"小心！"周志立刻回了一句，再回头对朱金龙说，"金龙，你得小心点儿！"

"你们都小心！"朱金龙说道。

显然，每向前爬一步，危险就增添一分，他们把自己的生死置之度外。为了保存体力，他们轮流喊道："袁光杰！袁光杰！"

他们艰难地前行了两百多米，热水已经漫及管道，他们无法再前进了。随后下井的工区区长刘兆云、直属队长刘天富等人，在80米中段与周志立、朱金龙和黄海清相遇。他们经过一番紧急研究，判断无法再继续进行搜寻，决定往回撤。

回撤途中，刘兆云、周志立和黄海清等人体力不支，相继晕倒。幸好另一组救援人员赶到井下，将他们背出。

在抢救刘兆云等人的过程中，又有五名救援人员晕倒在井下。这成了一场相互救援的特别行动。

突然，救援人员发现刘天富、朱金龙没有跟上来。

原来，刘天富和朱金龙不想放弃，即使他们感到体力严重透支，仍想多花些时间寻找袁光杰……

找到刘天富和朱金龙！连续几批救援人员下到井内，他们全力以赴。但因 80 米中段这时已经成为深水区，水温极高，条件已经不允许他们找人了。

听到这个消息，梁启昌、李国凤和众多工友的泪水忽地冒了出来。

刘天富和朱金龙牺牲在井下。他们以及袁光杰的骨骸在 1985 年 9 月 80 米中段疏干后才找到。

同时，周志立因热痉挛陷入昏迷，Ⅱ度烫伤，也再没苏醒过来。

1985 年 4 月 25 日，湖南省人民政府批准刘天富、朱金龙、周志立为革命烈士。面对这场重大淹井事故，七一一矿人不怕牺牲，团结一致，排除万难，最后取得决定性成功。如今，刘天富、朱金龙、周志立的照片被挂在展馆里。在他们的照片下方，分别写有一段文字：

"刘天富（1949—1984），湖南醴陵人，1971 年 10 月到矿，被分配到四工区井下任混合工，后任文书、工段副段长。"

"朱金龙（1963—1984），广东和平人，于1982年6月参加工作，被分配到四〇一青年掘进队任风钻工。"

"周志立（1949—1984），湖南津市人，1963年5月到矿，从事过电车司机、锅炉工和井下四大工种。"

"看到父亲的照片，我就觉得父亲还活着，就在我的眼前。"说这句话的女子叫刘丽娜，她是刘天富烈士的女儿。

这天，刘丽娜走进展馆。她站在父亲刘天富的照片跟前，与父亲对视了好一会儿。虽默默无言，刘丽娜却觉得父亲仿佛跟自己说了很多话。

父亲牺牲时，刘丽娜才几岁。但父亲仍给她留下了深刻的印象。她说，父亲身上有很多伤痕，都是在井下作业时留下的。父亲是一个热心人，哪怕一个礼拜只休息一天，他也会去帮邻居做藕煤，或者帮邻居插篱笆院子。当时，刘丽娜随母亲住在郴州城区，父亲一个月只有一两次时间进城探望她们。刘丽娜清楚地记得，那时候经郴州北上停靠许家洞的火车并不多，父亲就尽可能买晚上的火车回矿里。当乘坐的火车不停靠许家洞站时，父亲就会在许家洞站跳下火车，为此还摔伤过一次……讲到这里，刘丽娜不由得哽咽起来。

日记中的朱金龙

　　我想单独给朱金龙烈士写一篇文章。因为读了他的日记后，我对这位烈士有了更多的感触。他的师傅曾跟我说："烈士，一瞬间产生的。"我赞成这一说法。读完朱金龙的日记后，我有了另一个想法：烈士虽然产生于一瞬间，但作为英雄的他们，成长过程中所留下的每一个"脚印"，都是一个可以讲述的故事。朱金龙烈士即是这么一个英雄。

一

　　生前，朱金龙曾多次说过："我是七——矿一个工人，就不能给矿里丢脸，只能争光！"

　　1982年6月1日，朱金龙接到正式通知，让他准备上班。当天，他在日记中写道：

我就要走上工作岗位了，不知为什么，我总有一股说

　　不出来的滋味，是难过？是高兴？我也说不出来，可
有一个念头时常挂在我的心里，你是顶职工作的，而不是
凭借自己的能力参加工作的，你要以实际行动报效祖国！

　　那时候的顶职，被很多人看成是一个机遇，一种荣耀。
朱金龙却没有把顶职当成自己的风光。他有一种很明确，
也很强烈的信念：自己断然不能躺在父辈"功劳簿"上"啃
老本"。他跟一位姓黄的同学说："我就是我，我的形象
我塑造。要不然我即便有班可上，也没有自己的价值。"

　　他在1982年6月23日的日记中写道：

　　我已是一名正式工人了，上班几天，看到和听到的实
在是多，以前学校上学时，听老师讲工人叔叔的先进事迹，
很受感动。现在，我亲眼见到工人们在水大、温度高、有
放射性的井下，不怕苦，不怕累，任劳任怨，忘我工作。
虽然我刚开始不太适应，但我相信，在工人老师傅的帮助下，
我会慢慢锻炼出来的。

　　这一刻，他找到了自己努力的方向和目标。他有了非
常强大的信心。

　　当时，朱金龙被分配到四〇一青年掘进队当井下混

合工。队长问他："混合工算是我们矿山最艰苦的一项工作，你敢不敢接受它的挑战？"朱金龙把胸脯一挺，大声说："队长，你放心，我朱金龙不会做'缩头乌龟'！"进四〇一青年掘进队，其实是朱金龙一直以来的愿望。他曾听父亲说过，四〇一青年掘进队是矿里一支特别能打硬仗的队伍，年轻队员在温度高达四十摄氏度、水温高达四十五摄氏度，涌水量每小时达到100 ~ 200立方米的二号主井深部中段勇闯"火焰坑"，夺取了一次次胜利。听完父亲的讲述，朱金龙禁不住发出惊叹："十年时间完成十四年的工作量，他们太厉害了。"如今，他也成为其中的一名队员，自豪感在他的心里油然而生。

朱金龙后来说："我做好了准备，但一到工作时，我仍是被水大、温度高和呲牙咧嘴的岩石震住了。哪怕下班走出了矿井，我心里还在怦怦跳。"

这时，有两个朋友提醒他："金龙，你的视力太差了，你的安全容易出问题啊。可不是说你胆小怕死。它是一个客观存在的事实。跟领导说一说，说不定就把你从井下调出来。"

这是一个真实又充分的理由。体检时，医生对他说："你的视力只有0.5，很不适合在井下那种特定环境中从事生产工作。"不过，他没把医生的建议告诉家里，更没跟矿里提及这事。这时，他却有了一点儿犹豫。

经过一番思考后，朱金龙在1982年7月27日的日记中写道：

　　"一滴水离开大海就会干涸消失，一个人离开集体就会无所作为，你想做一个有作为的青年吗？那就把集体主义铭刻在自己的脑海里吧。"我很喜欢这段话，我作为集体的一员，必须做到不利于集体的事不做，不利于集体的话不说，把关心集体、维护集体形象当作自己应尽的责任。

　　他暗暗发誓，在工作和生活中不管遇到什么困难与挑战，都不能给四〇一青年掘进队抹黑。他曾说："我要用自己的实际行动，擦亮七一一矿这个'金'字招牌。"

　　这时，他深深地感受到了四〇一青年掘进队大集体的关怀与温暖。

　　一位叫谢六金的工友，主动找朱金龙交流。谢六金在井下已经干了十六年。听了谢六金的经历后，朱金龙受到很大启发和鼓舞。他对谢六金说："你谢六金老兄可以在井下干十六年、二十六年，我朱金龙也能在井下干十六年、二十六年。我一辈子不离开矿井，不离开这个大集体。"

　　谢六金一个巴掌拍在朱金龙的肩膀上。俩人都笑了。朱金龙与谢六金成了好朋友。后来，工友们夸他俩："你俩联手，便是'金龙'，胜过九牛二虎！"

不久，朱金龙成为一名风钻工。他的师傅后来回忆：
"他成长很快。在恶劣的条件下工作，他从不叫一声苦、
喊一声累，而是一步一个脚印地前进。学打钻，他坚持早
下井、晚出坑，人家一两年才能'出师'，他半年就能熟
练操作钻机。学开装岩机时，他勤学苦练、不懂就问。那
时一台重车皮，往返一两百米，一般需要两个人推，而且
还很吃力。朱金龙使出全身力气，一个人推一台重车皮。
他怕自己的臂力不够，下了班就去搬大石头进行锻炼。打
天井时，他一个人也是完成两个人的工作量。这天的工作
量不完成，他就不下班。"

很多工友至今仍记得，在矿团委组织开展的青工"百
业夺标"竞赛中，朱金龙克服温度高、通风条件差、任务
重的困难，创造了打钻进度新纪录，爆破效率达到85%，
出渣25～30车。这是一组非常好的成绩。1983年6月，
他参加队里的技术攻关和生产夺标活动，更是成功打破核
工业部最高记录。

1983年8月29日，《解放军报》发表了记者深入
七一一矿采写的《青春，在地层深处闪光》的长篇通讯，
报道并高度评价了四〇一青年掘进队为振兴矿山贡献青春
的事迹。朱金龙就是这篇通讯中一个耀眼的闪光点。

"朱金龙不仅能把活儿干好，还是一个用脑子干体力
活儿的年轻人！"他师傅当时就给出了这么一个评价。与

此同时，朱金龙也在日记中写道：

生活的强者，就要有驾驭生活的勇气。消极遁世，绝
不是我们的归宿。我立志要做一个坚强的、有自制力的、
毫不畏缩的、能够自我牺牲的人。

从日记中可以发现，朱金龙是在工作和生活中不断提
升自己境界的人，他身上始终有一股昂然向上的豪气。

二

我喜欢学物理。通过学习，我学会了修理钟表，并帮
助同学曹汉青和隔壁邻居修好了坏闹钟，听到人家诚心的
谢语，我打心眼里高兴。我要凭自己的一点能力，为人民
多做些事。

这篇日记，写于 1982 年 10 月 7 日。

朱金龙自学修理钟表，掌握了一门手艺，但他并未凭
这手艺赚"外快"，他想用这门技能"为人民多做些事"。
所以一到矿里上班，他就利用业余时间为人们修理钟表。
据一份材料显示，仅 1984 年这一年，他义务修表一百多块、
闹钟十六座。

据他的师傅回忆，朱金龙不但给矿领导、工友们修过表，还给家属修过表，朱金龙不仅要花时间，还要花钱。

1983年"五一"劳动节，这天矿里放假。

朱金龙没休息，一个人躲在房间里修表。一位亲友来串门时，凑到朱金龙跟前说："过节就要像个过节的样子，你把时间赔进修表里头去了，还要为别人花钱买零件，得到的就是'谢谢'两个字，能值多少钱？"

朱金龙反问："难道帮助别人做点儿事，就是为了索取什么吗？"

"但这活儿白干了，就是没半点儿价值。"

"做好事，不能用钱衡量。拿了钱，就不叫做好事。我不能做一个两眼只盯钱的'铜臭兽'！"朱金龙朗声说道。

这位亲友不得不说："你这个年轻人，还真是不一样。"

有一次，一位工友跟朱金龙说，他早已去世的父亲留下了一块怀表，已经不走了，但又舍不得丢掉。朱金龙当即跟工友说："别急，我帮你修好它！"他接过怀表，却傻眼了。原来这是一块几十年前进口的怀表。别说表内的构件如何复杂，自己之前连这种怀表都没见过。于是，他跑到郴州城里跟钟表店老师傅讨教，同时买来一些书籍钻研。他整整花了一周的时间，才把这块怀表修好。工友激动地握着朱金龙的手说："谢谢你。你不仅帮我修好了一块表，还帮我找回了还活着的'父亲'！"

据工友介绍，朱金龙这人走到哪里，好事就做到哪里。

1983年3月3日的日记中，朱金龙记录了这么一件事：

今年春节，我是在老家广东惠州度过的。在老家，我无心去品尝那些鲜美的水果、游逛城市的商场，而是帮助舅舅的一个好朋友修理了两块手表、一部收音机。为了表示谢意，他特地杀了一只大公鸡请我和爷爷、舅舅去吃酒，我觉得自己做点力所能及的事，算不了什么，便婉言谢绝了他的好意。

朱金龙做好事，不仅仅是帮人修表。看到旁人有任何需要，他都会及时出手帮助。邻居侯老师的爱人病故了，朱金龙经常帮她挑煤、做煤球，甚至帮着洗被子……一位老大娘来矿上探亲，天黑了，找不到亲人的住处，他把老人带到自己家留宿了一宿。第二天大早，朱金龙便出门替她寻亲。经过大半天的努力，他终于将老大娘送到了亲戚家。老大娘热泪盈眶地跟朱金龙说："谢谢你呀，七一一的好小伙子！"

其实，朱金龙小时候就是一个见义勇为的好学生。

1977年5月的一天，朱金龙冒着毛毛细雨朝学校走去。突然，鱼塘边传来了小学生的呼喊声。"不好，出事了！"他顾不得泥泞路滑，飞快地跑向出事地点。原来，有个学生落水了。朱金龙看到一只小手在水面挣扎，便顾不上脱衣服，"扑通"一声跳下水去。刚拉到那个学生挣扎的手，朱金龙就被对方扯到了鱼塘深处。他用头刚把落水的学生顶出水面，自己就连呛了两口水。这时，张杰老师和范月春同学赶到了鱼塘旁，与朱金龙一起努力，终于把落水的学生救上了岸。被救的同学及其家长感谢他，老师和同学们夸奖他，他红着脸低着头说："一个人总不能眼见同学落水而不救吧。"

"向雷锋叔叔学习！"在读小学时，朱金龙就立下这一誓言。每天，他给学校的鱼塘打草喂鱼。厕所堵塞了，他把杂物扒出来，疏通粪池的通道。上初中时，学校要挖防空洞，他抢锤掌钎，手上磨起了血泡，小手也肿得像"馒头"，就是不叫一声苦。学校学农基地开垦了一块菜地，他每天起早贪黑，给菜地浇水、施肥。有一次，他发现教室里有两张课桌、五张凳子损坏了，便从家里带来锤子、钉子，把它们修理好。

在翻阅朱金龙的日记时，我发现里面有这么一段话：

人们不都希望自己的生活充实吗？那么我要告诉你，只有那些为人民而忘我工作的人，他的生活才是充实的。我要像雷锋那样"把有限的生命投入到无限的为人民服务中去"。

面对获得的赞誉，朱金龙一直很清醒，他在 1984 年 4 月 30 日的日记中写道：

在今年的文明礼貌月活动里，我只是为群众做了一点点小事，没有做出什么成绩，竟受到矿团委的奖励，被评为"文明礼貌先进个人"，这是组织和领导对我的鼓励，我要加倍工作，努力学习，为人民做更多的好事。

三

这次回广东惠州老家过春节，我向在惠阳师专读书的表哥讲了我想考电大的事，他非常支持，并借给我许多书籍和资料。我暗暗发誓，一定要考取电大，感谢表哥的帮助和支持。

这篇日记，朱金龙写于 1983 年 3 月 5 日。

他带着表哥给的书籍和资料回到矿里，便开始紧张的自学。哪怕早上跑步，朱金龙也是一边跑，一边背英语单词。

朱金龙跟老同学聚会时，一个同学见他随身带着一本书，便开玩笑说："你该不会把书当饭吃、当酒喝吧？"

朱金龙答道："我可没这本事。"

"那你这么拼命读书干什么？"

"我不想变成一个'怪物':人身猪脑!"朱金龙这话让老同学很尴尬,朱金龙也意识到了什么,接着自嘲一句:"谁让我在班里是一个最笨的同学,参加工作了,还得补补脑。"

这当然是朱金龙的一种自谦。在学校读书时,他就是一个品学兼优的好学生。

朱金龙有个女同学姓陈,她回忆说:"那时候,我最怕上物理课,考试时,物理成绩也是在班上垫底。后来,我的物理成绩追了上来。有同学跟我开玩笑,你莫非在梦里遇到了大能人,一番点拨让你大大受益。其实,这是我得到同桌朱金龙私下帮助的结果。在我的印象中,朱金龙就是一个'理科天才'。"

朱金龙深知"学无止境"的道理,他曾在日记中写道:

我越发觉得自己学的东西太少了。如果不抓紧一切时间学习,看来是会落伍的。

在日记本上,朱金龙摘抄了爱因斯坦的一句名言:"热爱是最好的老师。"他找到了学习途径,也有了学习方法,更树立了学习目标。他爱好物理,在日记中写道:"几次做梦,家庭成了一个电子世界。"他甚至梦想机器人下井挖矿。他不仅坚持学习,还喜欢动手。"实践是最好的学习。"

他曾这般深有体会地说道。他用省下的零花钱买来了一些电子元件，组装收音机和充电机。在学习组装六管超外差式收音机时，他装了拆、拆了又装，一连买了五块线路板，也没成功。他没有沮丧，也没有放弃，拿着书本向自己高中的物理老师和一位机电工程师请教。时隔两个月，他终于学会了组装六管超外差式收音机。第一台六管超外差式收音机，本来是值得珍藏的，他却把它送给了一位老工友。

之后，他又开始给工友修理收音机。

朱金龙动手、动脑的能力，让工友们颇为佩服。一位王姓工友回忆说："朱金龙当时说了一句话，至今仍回响在我的耳边。他说，装配收音机，也是装配自己的大脑，更是装配自己的生命价值。如今，我把这句话告诉了自己的孙子。因为他也爱上了物理，朱金龙就是他学习的好榜样。"

在坑道里，朱金龙更是喜欢对那些生产设备进行钻研。有同事跟他开玩笑："指日可待，你就可以修理这些工具了。"

"不是修理，我要发明！"

"啊，你还敢做发明家的美梦？"

朱金龙说道："现在用的这些工具太原始了，也很笨重。有朝一日，我想发明一种能全自动吸尘的钻机，工友们受到的身体伤害和折磨就会少些。"

坑道里的工友们为他拍响了巴掌。

当晚，他在日记中写道：

我不当"牛皮家"，我要当"发明家"。看工友们为事业做出了很多牺牲。因此，我要想想，为更好地保护工友们的生活和身体安全，努力学习，努力钻研，努力争当"发明家"！

这一刻，他有了更崇高的理想。

四

读朱金龙的日记，我所获得的感动，很难用几段文字来描写。这里，我愿意再分享朱金龙的一些日记。

1983 年 8 月 20 日

家里人总是夸我脾气好，有时还说我没有脾气，我认为对待生活中那些鸡毛蒜皮的事，最好是保持缄默，而对于原则大事则绝不让步，最重要的是要分清是非，掌握分寸。

1983 年 10 月 11 日

今天，我去郴州苏仙岭游览。由此，我不禁想起了许多故事和传说，祖国的大好河山多美啊！生活在这样美丽的国土上，我们每一个炎黄子孙有何理由不像孝子一样报效我们伟大的祖国母亲呢！

1983 年 10 月 21 日

我又修好了三块手表。我把休息时间放在修手表上，是很有意义的。每一秒钟，都要想着怎么去为人民服务。每一分钟，都要为我们党做出贡献。我是党培养出来的一名年轻矿工，一定要用最好的答卷来回报社会、回报组织。

1983 年 11 月 30 日

要找出时间来考虑一下，一天工作做了些什么，是正号还是负号。假如是负号，那么就采取措施；假如是正号——很好！

1983 年 12 月 6 日

天气冷了。但我觉得学习的热情不能冷下来。书本捧在手里，我的理想世界就有了温暖。

1983 年 12 月 26 日

又完成了一本书的学习。一页一页地啃，把自己的大脑装得满满的。这样，我在工作中才不会被动。被动是一种消极态度。我需要一种精神，永远处在良好的工作和学习状态上。

1984 年 1 月 1 日

新的一年开始了，回想过去的一年，我感到惭愧，没有做些什么。新的一年里，我应该怎么做呢？我要抓紧一切可以利用的时间，为人民多做好事，让大家来承认我在社会上的价值。

1984 年 3 月 6 日

我又读了《雷锋日记》。雷锋是我学习的榜样。他日记中每一句话，都让我感到差距，也让我热血沸腾。雷锋能做到的，我怎么就做不到呢？

1984 年 3 月 19 日

下了大雨。我下班时，帮一位婶子收被子。婶子说让我进屋喝一碗水。我说，不就搭了一把手，值不得谢谢。我做再多好事，都是我应该的。

1984 年 5 月 9 日

我快满二十一岁了，可是一想到自己还没有加入共青团组织，我就觉得有愧于组织和领导对我的教育。但我一提起笔，又觉得自己还远远达不到团组织的要求。

加入共青团组织是进步青年政治上的一种自觉要求，是不能以收入合不合算、吃不吃亏而论的。入团是为了更好地为人民服务，而不是为了个人占便宜、捞好处。加入团组织可以使青年经受锻炼、改进思想、受到教育，从而得到团组织更多的培养、教育，进一步明确自己所肩负的历史责任。因此，我要鼓起勇气申请加入团组织，更严格要求自己，用实际行动争取早日成为一名光荣的中国共产主义青年团团员。

是的，这些日记让我读到了一个精神不死的朱金龙。一段段质朴而深刻的话语萦绕在我的脑海里。朴实的文字，体现了朱金龙所具有的崇高的信念、大爱的胸怀、奉献的精神和进取的锐气。高耸入云的理想，也需要脚踏实地地实现。就这样，朱金龙的灵魂早已融入"两弹一星"的精神长河，有了他独特的感召力。

誓言的践行

　　"干活，不是用你这张脸干，是用你的手去干！"

　　被训的叫周宏喜，他跟前站着自己的父亲周宝龙。两个小时前，他在井下作业时受伤，太阳穴裂开一道大口子，鲜血如注，被工友紧急送往医院缝了七八针。医生交代周宏喜回家休息几天。周宏喜一进家门，父亲即问明情况，接着毫不客气地冲他说了上面这句话。周宏喜把血迹斑斑的工作服换了，便匆匆返回井下作业区。

　　我采访时，周宏喜提起这件往事。

　　我说："你的父亲也许觉得，轻伤应该不下火线吧。"

　　"轻伤当然不应该下火线。但更多是因为父亲有他的誓言。"

　　"哦，你父亲有什么誓言呢？"我颇有兴趣地问道。

　　"献了青春献终身，献了终身献子孙。"

　　听到这番解释，我怦然心动。是啊，为国家掘矿，早已被七一一矿三代工友视为一项家传的神圣事业。周宏喜三兄弟、他的妹妹以及他们的父亲周宝龙共同践行了这个誓言。他们一家为我们演绎了一个持续几十年的家国情怀故事。

一

先说周宝龙吧。

1959年初的一天，正在锁厂车间上班的周宝龙，突然被叫到厂长办公室。他走进屋子时，稍稍愣了一下。因为厂长办公室里还坐着两个陌生人，其中一个很年轻。这年轻人的手规规矩矩地搭在膝盖上。当时，周宝龙以为厂长要让自己再收一个徒弟，陌生人却开宗明义地跟他说："根据国家军工建设需要，我们有一个想法，打算将你抽调到相关的军工单位工作。"

周宝龙的双眼忽地放亮："军、军工——"

对方点点头。

"这单位在哪里呢？"周宝龙问道。

陌生人一笑："去了就知道了。"

回到家里，周宝龙把这事跟妻子王珍女说了。王珍女沉默了一会儿，才开口说了一句话："你决定了，那我带着孩子回老家过日子吧。"

周宝龙的老家在江苏泰州。

据周宏喜回忆，他父亲出生在一个贫苦家庭，十一二岁放牛。十三岁那年，周宝龙一个人跑到上海，好容易才进入一家私人锁厂当学徒。周宝龙没念过书，但脑子好用，手脚勤快，很快得到老板的喜欢。没几年，周宝龙就在这家颇有名气的锁厂里做了大师兄。

周宏喜介绍道："记得我母亲说过，那时父亲真没有在上海成家立业的奢望。结果，我父亲不仅娶了我母亲，还在锁界混出了一个大名声。没这口碑，组织上也不会想到我父亲。"

是啊，当时作为大师兄的周宝龙，在上海滩有了他无限的风光。

没过几天，周宝龙就拎着很简单的行李，登上了开往自己并不知道目的地的一趟列车。他坐在车窗边，火车缓缓地驶出月台时，他朝大上海眺望了一眼，这一眼里不仅有留恋，也有对新生活的无限向往……

很快，他抵达了一个"去了就知道"的陌生之地——湖南郴县许家洞。

这地方的环境让他难以想象，也无法描述。就在那一刻，他身上一股蛰伏很久的热血沸腾起来了。下车后，他把行李往人事部门的办公室里一放，抬头便问：

"快告诉我，安排我做什么——"

第二天，周宝龙穿着一套有点儿不太合身的旧工作服走进了机动车间。他得到了明确的通知，机动车间就是他的工作间。在这里，他被分配到翻砂班，做一名炉工。这个车间负责"砂型铸造"，将熔化的铁浆浇灌入铸型空腔中，在其冷却凝固后，即可获得预制件。周宝龙主要担任熔化金属这个环节的工作。

班长当时对周宝龙说："做锁，是一个精细活儿。在这里，你干的是体力活儿。"

言下之意，你周宝龙习不习惯？

周宝龙笑道："不都是干活儿吗？"

很快，班长就在会上表扬周宝龙，称他在短短的半个月时间里，完全掌握了整个炉工的流程。工友们也喜欢上了这位平时说话不多，却会埋头干活的新同事。车间有一个说法，不管哪个环节的活儿，只要掌握了其中诀窍，干起来都不伤神，无非多流点儿汗。周宝龙掌握炉工技巧后，便能干好自己的活儿。但接下来，他就对翻砂有了心思。他出手不凡，解决了一直让车间主任揪心的旧砂水份难以控制的问题。原来，在完成炉工任务后，周宝龙主动协助工友进行翻砂，无意中听到一个工友抱怨旧砂水分很难把控。于是，他开始悄悄琢磨控制旧砂水分的技巧。下班后，他一个人待在车间里进行试验，甚至熬了好几个通宵，终于找到一个方法：将旧砂进行预混，有效改善旧砂中膨润土和水的混合状态，使其达到型砂的性能更为稳定一致的效果。车间主任一个巴掌拍在周宝龙的肩膀上，大声赞道："大上海来的师傅，真是一个全才。哈哈，本事也是天生的吧。"

但周宏喜不认为他父亲是一个"全才"，更非"天才"。在他的记忆中，父亲只不过是一个闲不住、爱想事、勤动手的人。当时在七一一矿，周宝龙面对工作，从不挑肥拣瘦。周宝龙说过："矿里的需要，就是我努力的方向。"有一次，他听说矿里缺一个钳工，把胸脯一挺，说："我去！"后来他有了一个习惯，哪里缺人，他去；哪里有任务，他抢；哪里有危险，他上。这就是周宝龙留给七一一矿老工友的深刻印象。在矿里，周宝龙还干过钳工、铆工、起重工、水泵工和重镀工等。在周宏喜的眼里，父亲就是一个"杂家"。

那年，1号竖井往下打时，突然冒水，水量很大，随时都有引发塌方的可能。这时候需要在井下安装新水泵进行排水，周宝龙当即站出来说："我熟悉水泵安装，我下井。"他冒着危险下井，经过五个多小时的紧张工作，终于完成新水泵的紧急安装任务，这期间几次预警，他都拒绝撤离。

他说："抢到了时间，才抢到了安全。"

还有一次，周宝龙看到兄弟车间屋顶漏水，便爬上瓦背帮助维修。维修时，他脚底一滑，直接从屋顶跌落到地上，一只手也被摔断了。他将受伤的手上了绷带后，又上屋顶帮忙。工友劝他休息，他答道："我还有一只手！"

在七一一矿，他利用自己早年学到的技术，帮三百多户人家开过门锁，没收取过一分钱报酬。哪怕一个矿嫂塞给他一个水果，他也是摆手说："我不吃水果！"矿嫂说："你怎么不吃水果？我看过你吃呐。"看到自己露馅，周宝龙腼腆一笑，却没接过水果，扭头便离去。

还有一个传说，周宝龙当过"义务送报员"。

原来，山上的车间距离山下的矿部邮电所有好几里路。车间便要雇人领取和分送报纸。周宝龙跟车间主任说："我家住在山下，上班时我顺便把报纸带上山来。"从此，他每天晚上九点从邮电所领取报纸，回到家里按班组分好。第二天，他提早半个小时上山，到了车间，迅速准确地把报纸送到各个班组。

周宝龙这个"义务送报员"，一当就是十七八年的时间。

在周宏喜的印象中，父亲遇事便会想到集体，想到国家。父亲喜欢说："国家不容易，我容易一些。"哪怕周宝龙因工致病——犯了原发性肺癌，这属于工伤，但他也没住院。准确地说，他拒绝住院，觉得住院是在"花冤枉钱"。在长沙确诊后，第二天他就回到了七一一矿。周宏喜说："医院帮我父亲开了药，还交代我爸爸每天要到医院打针。

结果我父亲连针也不舍得到医院打。本来嘛，职工医院就在我们家门口，来往方便。他觉得这钱也可以替矿里省下。但这针还得打呀。我爸就让我学打针。没几天，他嫌我的手大，有点儿笨手笨脚，就让我妹妹顶替我帮他打针。我妹妹没学过医，也没当过护士。她打针都怕痛，哪还敢给我父亲打针！我父亲就一个劲地鼓励她、表扬她，硬是让我妹学会了打针。"

周宝龙很乐观，哪怕医生说他顶多能再活三个月，结果他又活了三年半。

周宏喜介绍说，他的父亲退休后，专门回了一趟上海。他最开心的一件事，就是跟他过去的师弟们相聚。师弟们看到周宝龙一副消瘦的模样，忍不住都掉下了眼泪。他们甚至发出感叹："不晓得大师兄混得这么差。"周宝龙则非常满足地说："有了原子弹，国家就风光了，我也风光了。我哪是混差了？"

这就是周宏喜的父亲周宝龙。

二

周宏喜称，他也没想到自己会来七一一矿。

他的老家泰州，是一个水乡。一道宽阔的古老护城河——凤城河，将这别称为"凤凰城"的老城环抱。它也是一座园林城市。周宏喜记忆最深刻的，是泰州溱潼古镇中那一棵1000余岁的唐代国槐，以及一棵800余岁的宋代山茶花。这棵山茶花，堪称山茶花之王。花开大地的春天，一棵树能开出4万朵山茶花，那是何等的盛景！时至今日，周宏喜仍在感叹那种壮观。

那天，火车抵达许家洞站时，周宏喜露出了一脸的惊讶。他说："我第一次看到这样连绵不断的山。我可兴奋了。"

这是1967年的一个夏日。

周宏喜之所以跟随母亲及两个弟弟一同来到七一一矿，是因为一场台风将家里的老宅吹垮了，他们只好前来投奔父亲周宝龙。那趟火车不停靠许家洞，周宝龙便到郴州站迎接妻儿，然后再坐另一趟火车来到许家洞。

之后，他在七一一矿成了一个名符其实的"矿二代"。他说："我15岁高中毕业，17岁开始下井。这其中几乎没中断过，哪怕退休后被返聘，也是在井下，算起来下井30多年了。"

他讲得很轻松，但井下工作中很多惊心动魄的日子，早已深深地镌刻在他的脑海里。甚至，一些特定情景仍不时浮现在他的眼前。

这是1987年，1号井80米中断处作业区突然停电。这时，周宏喜与其他6个工友正在作业。刹那间，眼前一片漆黑。大面积停电，备用电源也无法带动。这时既无应急照明，又无通信渠道。很快，周宏喜听到工友叫喊："受不了！受不了！"井下温度迅速攀升，达到四五十摄氏度。周宏喜嚷道："不能再等待了，我们必须跑出去。"话是这么说，行动起来却是相当艰难。他们扶着井壁往井口移去。井壁下的水沟却不允许他们这般持续行走。这时，周宏喜摸到一台矿车。他灵机一动，叫道："快，老鹰抓小鸡！"工友们当即明白了，一个抓着一个的肩膀，最前面的周宏喜推动矿车。这是一个有上坡的坑道，周宏喜当时咬紧牙关，使劲推动矿车。坑道中的热水不断上涨，很快淹至工友们的膝盖，烫得每个人的大腿都在哆嗦。这是到了最危险的时刻。周宏喜不动声色，继续咬牙推着矿车。二十多分钟后，周宏喜终于带着队伍冲到了井口。这时，却看不到罐笼下来。周宏喜叫道："快，爬上管道，往上爬。"后来，周宏喜回忆这件事时说："当时再耽误三分钟，我们恐怕就逃不出了。那水淹上来的速度，太快了。"

仍是 1987 年。

那日，周宏喜带着 6 名刚报到的实习生下井，一方面跟实习生介绍井下的构成，一方面了解实习生的情况，以便接下来合理分配他们的实习岗位。来到 12 号矿房时，周宏喜发现扒车刚好出了问题，悬在空中，说是电缆卡住了。好些工友正在商讨维修方案。这时，实习生也围了上来。周宏喜建议："赶紧强行拉断钢丝绳。"但在场的工友答道：

"拉不断。"周宏喜说："我来试一试。"他抬头看了看，当即喝道："往后退！"就在这时，发生了严重塌方，150吨体量的石方从六七米高处忽地砸下。在这紧急时刻，周宏喜非常敏捷地往后一退，逃过一劫，但他戴着的矿帽帽沿却被石头打飞了。人们惊呆了。如果不是周宏喜及时让工友和实习生退避，他们将遭遇一次重大安全事故。多年后，当年的实习生见了周宏喜，都说："周师傅那次奇迹般地救了我们。"

周宏喜说："该是第六感觉的反应吧。那一刹那间，我就是想让所有人赶紧离开！"

他的第六感觉，其实更是一种经验。

一直以来，周宏喜都有一种强烈的责任意识。

1989年的一天。周宏喜没当班，在回家途中，他又返回了调度室。原来，他把手表忘在调度室了。他刚进调度室，就听到电话响了。正在值班的周宏正是周宏喜的胞弟。周宏正接了电话，才知道井下突然发生塌方事故，发现有人被碎石掩埋。听到这个消息，周宏喜把矿帽一戴，便与值班副矿长梁启昌和弟弟周宏正迅速下井救人。

被碎石掩埋的是一位颜姓工友。

周宏喜、梁启昌、周宏正等人急忙用手扒开碎石。这时候，他们不敢用工具，担心伤了工友。终于，颜姓工友的脑袋露了出来，人仍清醒。由于颜姓工友的身旁有矿车遮挡，他才没有致命危险。这时，颜姓工友流下眼泪，甚至哭出了声。周宏喜大声地说："哭什么？坚持住！"颜姓工友称自己想喝水。周宏喜当即将自己头上的矿帽取下，接井壁上流出的水给他喝。

颜姓工友得救了。

后来，有工友说："周宏喜把矿帽摘下来接水，这是极端危险的举动，因为头顶上仍有石头往下掉。"

周宏喜却说："看看张福荣，他扒碎石，把自己的手指头都扒断了。"

张福荣也是那天参与这场救援的一位工友。

这件事让矿里更多的人记住了周宏喜，他当然也没让工友们失望。在这充满危险与变数的井下，周宏喜一步一步地成长。他从一个普通工友，成长为班长，后来在工段副段长、段长、作业区副区长和区长等岗位上任职，他还担任了团干职务，但他始终没有离开井下主战场。

原因很简单。他给了一个说法："我爸说了，别给老子丢脸。你是我周宝龙的儿子！"

三

采访周宏喜时，我发现自己遇到了一户"七一一矿人家"。除了父亲和周宏喜是矿里的职工，周宏喜的两个弟弟和一个妹妹，也是七一一矿的一份子。

我跟周宏喜的大弟周宏正聊及往事时，他轻描淡写地说："我的工作很简单，没啥好讲的。"

这位 1977 年下放的知识青年，1979 年回到矿里，做了半年临时工，便通过矿里的招工，被分配到四工区上班。仅隔三个月，劳资科一肖姓干部就通知他："下班后，到劳资科填表。"

他当时一愣："要辞退我——"

"转正。"

他愣了愣，笑着提醒肖姓干部说："你们弄错了吧。我才上班三个月。"他知道，新招人员顺利的话，干满半年才可转正，一般转正都要耗去一年以上的时间，而且矿里有一条规定：三年转不了正，辞退。可见，转正并不是一件容易的事。

肖姓干部很严肃地说："我们没有弄错。我们已经对你进行了严格的审查，证明井下四大工程你样样合格，甚至干得很优秀，矿里才决定破格提前为你转正。"

七一一矿成立以来，仅有两名新工友实习三个月即破格转正，周宏正就是其中一位。

可见，周宏正当时在井下的表现非常出色。

周宏正却说："每天下井前，父亲都会有一番交代；下井回家，父亲也会让我自己总结回顾。他帮我指出问题后，又会用上他的口头禅，好好干，做事要认真，年轻人的力气花了又有。"

到了第九个月，周宏正当上了天井队的副队长。这又是一次破例。

而且，他不断续写奇迹。

在周宏正参加工作一年半时，又被任命为副段长，他走上了以工代干的岗位。过了几年，他被调到矿里总调度室工作，这一切皆缘于他的全能——井下工作样样精通。后来，他成为总调度室最年轻的一位工友。

即便他没介绍自己的成才过程，我也知道那些工作业绩都是"真刀真枪"干出来的。据他哥哥说，这个大弟弟几十年间都是一名"急先锋"。

周宏喜还有一个弟弟，叫周宏明。他当过兵，退伍回到矿里，就在公安分处工作，做过治安科长，也是一直没有离开七一一矿。

周宏喜、周宏正在接受我的采访时，不约而同地提到他们的妹妹周宏湘，这个女子也是七一一矿的一名职工。几十年间，她一直在车间从事配电工作，也是矿里一位家喻户晓的"明星"。这跟她是一名体育和文艺活动积极分子有关。她扔铅球，在市里拿过冠军。她还学会了敲锣与打鼓，又学会了踩高跷。

周宏喜的妻子，在矿里开了十几年绞车，每天爬上离地二三十米高处的作业房，一干就是六个小时，中途也不用餐，也不喝水。

周宏喜称："父亲就是我们家的'领军人物'，我们兄妹的'灵魂'。父亲一辈子勤勤恳恳，作为子女的我们，也不能偷懒取巧。父辈是我们的面子，我们只能往父辈脸上添光彩。"

我后来发现，周宏喜的岳父杨明明是从上海调来的。杨明明原来在闵行重型机床厂工作。来到七一一矿后，他做了安装队队长。周宏正的岳父孙守成，则是从北京三建调来的，是七一一矿最好的泥工，抹灰更是一绝，后来成了矿里建筑安全领域的一名工程师。周宏湘的公公是矿里的一位物探专家……

完成对周宏喜的第六次采访时，周宏喜跟我说："如果七一一矿重开，我一定把女儿也送到矿里工作。她可能下不了井，但我女婿可以下井！他们应该会比我们表现更精彩，他们是我们的后代，又比我们有文化……"

侯启的心愿

侯启的心愿，因肺而起。

这位七一一矿工友已经离世几十年了，但他的肺仍以标本的方式保留在省城一家病理研究机构……

侯启当过解放军。刚来七一一矿时，侯启最喜欢跟工友们讲他在广西剿匪的故事。

"在花桥，有一股盘踞当地多年的土匪，无恶不作，民愤极大。我们部队得到命令，必须全歼这股匪徒。八月的一个晚上，我随连队悄悄潜伏于小东江和灵剑江汇合处。凌晨三点，我们与友邻部队打一配合，合围花桥一带的匪徒。匪徒得到了国民党的装备，又有军事顾问，也就让这场战斗打得很激烈。我与七位战友组成一支突击队，在炸掉一座碉堡后，攻入小巷，与匪徒展开巷战。仅仅几分钟，我三次扣动板机，干掉三名匪徒。就在这时，土匪的机关枪扫了过来。几乎在刹那间，我猛地一把将一位战友推倒。

战友得救了，我却受了伤。不过，我仍是单手端枪将机关枪手打死了，打中他前额中央……"

在剿匪战斗中，侯启荣获二等功。这一年，他才19岁。不过，他算一名老兵了。在部队里，他是一个有名的"神枪手"。1953年5月入党，之后转业到河北庞家堡矿当工人。

侯启是1959年3月被调往七一一矿的。

之前，师傅马万水得知侯启响应矿党委号召，便跟他说："我支持你。但你的老母亲年迈体弱，你不可能将她留在庞家堡吧。"

"我把老母亲带上！"侯启很干脆地回答。

"老人家去南方？她会不会答应呢？"

师傅的担忧，其实也是侯启的担心。他稍稍一想，即如实说道："南方人生地不熟，连话都听不懂，我母亲又是这把年纪，不会轻易答应我。不过，我仍想把老母亲带到南方去。"

侯启做通妻子的工作后，又想了很多办法，才说服老母亲。很快，侯启带着一家老小千里迢迢赶到了七一一矿。很快，南方潮湿的生活环境就让老母亲感到非常不适应，她不停地抱怨："吃没吃，住没住，跑到这里来活受罪。"老母亲开始犯病。好不容易熬了三个月，侯启只好将噙着眼泪的老母亲送到火车站。看到母子依依不舍的场景，侯启的妻子便说："侯启呀，你也回庞家堡吧。"一听这话，侯启就大声嚷道："我说过多少遍，你没听进耳朵去吗？那我今天再说一遍，这是祖国的新兴事业，需要人去做。见困难就走，还要我这个共产党员干什么？"妻子傻了眼。她知道，丈夫从不在自己跟前发火。可这时的侯启，脖颈上的青筋直暴，两眼瞪得圆鼓鼓，额上闪着亮光的伤疤憋得通红。当听到侯启说"你要走，你就把孩子带去！我一个人留在这里"时，妻子却很平静地说："你在哪里，我在哪里。"

这时，侯启仍很冲动地说："怎么还不走？"

"秤不离砣！"

当晚，冷静下来的侯启很内疚地跟妻子道歉说："我是不该跟你发火。"

"我知道，母亲一个人回北方去，你放不下心。我已经托人带口信回去，让老家亲戚照顾好母亲。"

侯启点了点头，接着，他忽地用双手捧着脸，但泪水还是从指缝间流了出来。

很快，七一一矿工友就公认"侯启工作起米真不要命"！他经常几个班连轴转，一天工作十七八个小时。遇到最危险的地段，他都是抢着打冲锋。有一次，坑顶上的岩石松动，随时可能崩塌。这时，侯启让工友们退下，然后，他一个人进行排险。他准备撬最后一块松动的岩石时，巨大的岩石忽地落下。幸好他反应很快，身子一闪，岩石就砸到了他脚尖前。就在工友感到庆幸时，侯启抬手按住自己的胸口。

工友连忙问道："被碎石撞了？"

"没、没有。"侯启使劲喘了几口气，才说，"有点不舒服。"

"上医院去看看吧。"

"不碍事。"

工友们坚持把侯启"搀"进了医院。这时，工友才知道，侯启其实是带"病"来到七一一矿的。早在庞家堡，矽尘已经影响到了他的肺部。征求他来七一一矿的意见时，他跟领导说："我没半点儿问题，那地方需要我，我当然去。"只是到了七一一矿，他在更恶劣的环境下超负荷地工作，肺部受到更大伤害。段长听说这事，立刻找到侯启说："好好休息一段时间。"侯启说："我不是来七一一矿游手好闲的。再说，井下多一个人，就多一份力量。"第二天，侯启又下了井。当天，他在一份请战书上第一个签上自己的名字，他把名字写得端端正正。

又进入了一个抢生产进度的竞赛期。

这时，侯启越来越感到胸部闷痛，呼吸短促、困难，继而食欲不振。一天晚上，他的肚子胀得鼓鼓的，胸前出现憋闷、绞痛，豆大的汗珠直往下流。

妻子说："我送你上医院。"

"不用，人家医生也要休息。"侯启说道。

"可你能熬得住吗？"

"快、快把你的枕头也给我……"

他把两个枕头紧紧地抱在胸口上，他不断使劲，甚至让妻子的手也压了过来，才稍稍缓解了疼痛感。但过了一会儿，一场更厉害的疼痛开始了，他痛得满床打滚……

早晨，侯启又是第一个出现在作业区。

1963 年 4 月，经医院检查，侯启确诊患有矽肺病。几天后，矿里通知侯启参加疗养。

他一口拒绝。"这是矿里的决定！"段长跟他说。他当即找了一个理由："我还能上班！"

接着，他为自己的理由也找到一个说法："每个人有点小毛病就去疗养，去休息，我们的任务猴年马月能完成。"

当天，侯启仍坚持下井。

一年后，侯启的病情突然恶化了。在井下，他一口血吐在了钻机上。矿党委这时采取强制措施，将侯启送进职业病医院。离开七一一矿这一天，他在妻子的陪伴下，来到金银寨。哪怕工友们阻止他下井，他仍走进了坑道。他摸摸钻机，摸摸撬棍，又摸摸坑壁，甚至还掬起坑道排水沟的水轻轻舔了一口。他回头跟妻子说了一句："真甜！"

离开坑口时，侯启跟工友们说："为理想而掘，一定能成功！"

工友们劝他安心疗养。

侯启说："放心放心，我侯启会回来的。"

在职业病医院里，经专家鉴定，侯启患有"三期矽肺，合并空腔型肺结核"。医生跟侯启说："根据治疗方案，医院将对你安排'特护'。"

"什么叫'特护'？"

"除了治疗上有特别的方案，医院也会为你配备护士。"

侯启说："我还能动手，用不着配备护士。再说，医院里哪有那么多护士？"

之后，侯启不仅把自己的生活料理得井井有条，还帮助病友打水、买饭，协助医务人员打扫房间，整天有说有笑。一个病友的家属跟侯启说："侯大哥，你哪像是一个危重病人呢？"邻床的病友忧心忡忡，吃不下东西。可侯启每顿都会强迫自己吃些东西。吃的时候肺部疼痛了，他就把碗筷放下，双手用力按住肺部。待阵痛过后，他又继续大口大口地吃。他还跟吃不下饭的邻床病友说："一定要吃，把身子留着，看看我们的原子弹如何引爆……"说罢，他把饭碗端起递给邻床病友。

看到侯启笑眯眯地站在跟前时，专家也发出感慨："这位病人的肺仅有两指宽是好的，当时估计最多只能维持三个月，可一年后还活着。"会诊时，这位专家说："我从侯启身上得到一个重要启示，一个人的精神是有力量的。它可让治疗效果得到显著改善。"

侯启坚持同疾病作顽强的斗争，他在医务人员的精心治疗下，病情缓解了许多。在听到金银寨投入正式生产的消息时，他兴奋地叫了起来。

"死而无憾！我侯启死而无憾！"

矽肺病，毕竟是当时医学还不能征服的病症。侯启知道，自己的生命已经进入倒计时。那天，他走进医生办公室，向主治医生问道："医生同志，我想打听一下，这种病以后有没有可能治好？"

"当然有可能。但需要我们做些研究。"

"研究进度怎么才能加快呢？"

"最重要一点，我们能找到较为理想的标本……"

"哦，标本！标本……"

侯启若有所思地点点头。

这天，侯启躺在床上很吃力地跟妻子说："这些年真是辛苦你了。这辈子能遇上你，我侯启是有福之人呀。但仍要辛苦你帮我办三件事。"

妻子攥着侯启的手，点点头说："你说吧。"

"这病以后能治。"

"以后能治——"妻子万分惊喜，接着问，"你问过医生了？"

"嗯。但目前需要我参与，最终治好它的方法才能尽快找到。所以，第一，我死后将遗体无偿地献给国家，让

2015年，三〇九队十分队矽肺病队员部分遗孀

医务人员进行解剖、研究……"

"侯启……"

"放心。那时候我已经不知道痛了。再说，我能再做一件有意义的事，这是我的荣幸。这也是我最大的心愿。"看到妻子终于点了点头，侯启才继续说道："第二，丧事从简，不要给组织添麻烦，我们的国家还很穷。第三,解剖后，遗体火化，骨灰一部分埋在金银寨下，一部分送回老家。"

"呜，呜呜呜……"妻子泣不成声。

不久，侯启病危，得知这一消息，矿领导和工友代表迅速赶到医院，围在侯启的病床边。看到那么多熟悉的面孔，侯启笑了。

看到侯启非常难受的样子，有工友忍不住抽泣起来。

"不要为我悲痛，为铀矿、为原子能事业而死，是值得的……"侯启的声音越来越低，却依然说得那么坚定，那么恳切，也那么充满憧憬。他留在这世上的最后一句话是："我，愿意把一切献给国家。"

侯启走了。他才 39 岁。

这年是 1968 年。

妻子没有违背他的遗愿，一条条认真照办。

侯启的妻子说："我不能让他带着半点儿遗憾上路。他一定会感应到的，一定会高兴起来。我问过医生，侯启的肝作为医学研究的标本，很快会给受病魔折磨的工友带来福音。这个日子不远了。它真的不远了。那时候，侯启会感到万分欣慰。"

一位专家回忆起这事，至今仍然很感动，他说："那时候，人们几乎很难接受遗体捐献，但侯启做到了。正是他的大爱、他的勇气、他的向往，才让我们病理研究工作者找到了研究标本。侯启当初的决定，让我们抢到了时间，从而拯救了许多矽肺病患者……"

41 号信箱：与爱有关

七一一矿工业文化实践教学基地展馆墙上，挂着一只陈旧且看上去很普通的木制信箱，信箱正面醒目地写着一个数字："41。"

一位矿里的老邮递员曾对我说："41 号信箱，就是七一一矿；七一一矿，就是 41 号信箱。"这只信箱也曾叫过 351 信箱和 635 信箱。七一一矿的工友记得，那时候寄信地址或收信地址，写的都是这些神秘代号。

一

这是个春日。

一位圆脸女子带着七八岁的儿子抵达郴州火车站。走到出站口时，她向验票员打听道："同志，请问叫 41 号信箱的地方在哪？"

41 号信箱

验票员不由得一愣："什么？"

圆脸女子又说了一遍。

"哪会有叫 41 号信箱的地方呢？"验票员看到圆脸女子满脸焦虑的神色，便提醒道，"大姐，你不是记错了地方吧？"

圆脸女子有点儿吃惊。她赶紧从布兜里找出一个旧信封，递给验票员。验票员接过信封一看，当即傻眼了。信封下端寄信地址右下处，还真是工工整整地写着"郴州地区 41 号信箱"。这时，好奇的旅客也凑了过来，有人嘀咕：

"寄信的人太马虎了。这么写地址，叫人家怎么找呢？""是呀，打灯笼也恐怕找不到。"另一个人也附和道。

就在这时，一个警察走了过来。问明情况后，他向圆脸女子建议道："你到邮局去问一问。他们应该知道。"

圆脸女子谢过他们后，带着儿子走进火车站右侧的邮局。邮局的同志问了几句，然后跟圆脸女子说："这地方就在许家洞。具体指什么地方，或者什么单位，我们也不太知道。你可以到许家洞去问一问。"

在市民的帮助下，圆脸女子与儿子坐车来到许家洞。接着，她匆匆走进路边的邮局，开口即问："同志，请问这里是 41 号信箱吗？"

工作人员当即很警觉地："你问这个信箱干什么？"

"我、我找孩子他爸。"

圆脸女子怕对方不相信，还把儿子扯到跟前。

工作人员"哦"了一声，打量她几眼，仍是盘问："怎么证明你的丈夫在 41 号信箱？"

圆脸女子把信封重新找了出来。工作人员接过信封一看，忽地露出笑容道："大姐，没错，这里就是 41 号信箱。你的丈夫就在这里工作。"

圆脸女子听了，一把搂着自己的儿子，激动万分地说："我的宝贝，我们找到了信箱里的爸爸啦！"

当儿子随母亲走进七一一矿区时，他一边奔跑，一边大声地喊着："爸爸！爸爸！爸爸——"

这一刻，好些成年男子听到叫声，都往孩子和他的母亲望来，刹那间，他们仿佛看到了幸福的降临……

二

矿里有一个叫王冬明的工友，才刚满 20 岁。

他正享受属于自己的恋爱季节的甜蜜。在三〇九队十分队里，这当然不是一个秘密。好些工友遇见他时，都半认真半开玩笑地说："记得请我们吃你的喜糖。"

"随便你抓！"王冬明笑道。

他平时就是一个爽快的人。

王冬明，1956 年在长沙建筑技校毕业后，被分配到三〇九队。他会做木工活，也懂房屋设计。十分队在许家洞的队部，以及后来的机关办公楼、食堂和家属区，都是王冬明设计的。他还负责施工与安装。那时候，他有一个外号，叫"小鲁班"。听到这个赞美，王冬明很幽默，当即答道："我姓王！"这当然是一种谦逊，却也让更多的工友喜欢上了这个聪明又能干的小伙子。

他有一个女朋友，叫唐冬梅。看过照片的工友都称赞这姑娘眉清目秀、亭亭玉立。唐冬梅与王冬明一块长大，俩人知根知底。当时，唐冬梅在老家跟父母一块儿过日子。

王冬明非常思念自己的女友。每个星期五，他都会去邮局。邮局的大姐见他来了，便说："又来给心上人寄信啦。"王冬明便腼腆地一笑。大姐笑道："我猜，你女朋友收到信，一定很开心，她没看错人。每个周五来寄信，哪怕刮风下雨，甚至上次那个落大雪的周五，也没阻止你来寄这封信。"

"不能按时收到我的来信，她会焦急的。"王冬明答了一句。

"我有一个妹妹，很漂亮，又会唱歌，她也很想遇到一个像你这样的男人……"

王冬明听懂了这个大姐要说什么事，脱口道："一辈子，我都不会愧对她。人没在许家洞，但我对着月亮发过誓。"

这个大姐有几分失落，又有几分敬佩地冲王冬明点点头。这时，王冬明将邮票贴在信封上，然后用双手将信塞进信箱里，仪式感满满的。

又一日，王冬明走进邮局。

邮局大姐看了他一眼，有点困惑地问："上个周五怎么没见你来寄信呢？"

王冬明没答话。

大姐猜测："出差了？"

"没有。只是……"王冬明欲言又止。大姐看到王冬明手上拿着两个信封，恍然道："哟，还把上周未寄出的信也补寄上？"

"上周是没来寄信。"

"小伙子，你真不错。找你这样的男人，那个姑娘真有福气。她同时收到两封信，一定会心花怒放。"

这时，已经站到邮箱跟前的王冬明却犹豫起来。隔了一会儿，他忽地一转身，便跑出邮局门。大姐叫道："哎，同志，你的信怎么不寄了？都贴了邮票——"然而，王冬明很快在这位大姐的视线中消失了。

没多久，他跑进医院，冲一位医生急切地问道："你快告诉我，我的病到底能不能治好呢？"

医生说："王冬明同志，我跟你解释过三四遍了。你这矽肺病达到了重度三级。我会努力帮你治疗，这是我的职责。我真希望自己是华佗再世。但依据眼前的条件，我没法做出更多的承诺。"

"你、你们会不会弄错了？"

"弄错了？"

"比如诊断书拿错了。"

"这是医院，我是医生，必须对病人负责。再说，前天又给你做过复查，诊断结果一致。"

原来，在前些日子，王冬明突然觉得有点儿呼吸困难，便上医院检查，才发现自己患上了矽肺病，但他还是坚持上班。班长得知情况后，立刻命令道："王冬明，你怎么还进坑道？""不就是患了病吗？我还能干活。能干多少，我就干多少，我不会碍你们手脚。何况这是'千米大会战'的时候，多一个人，多一把力，我们班不能服输。"王冬明嚷道。这时到了坑道中，他就忘记了自己已经是一个"病号"。结果，他倒在钻机前。

醒来时，王冬明发现自己躺在医院的病床上。

班长来看他，说："好好休息，别惦记坑道里的活儿。有什么想法，也跟我说一声。"接着，班长把一封信递给王冬明，笑道："上午收到的，是女朋友的来信吧。"

王冬明伸手接过信，看了看那熟悉而又亲切的笔迹，点了点头。他似乎犹豫了一下，才说："班长，辛苦你带几页信纸给我。"

"给女朋友回信——"

王冬明"嗯"了一声。

"这就对了。没事就想一想女朋友，跟她写写信，病会好得快些。去年我不是感冒了，高烧，端杯子喝水都没力气。我就使劲想你嫂子，哈哈，结果第二天就好了。"

"我也一直想她。甚至梦见她跟我说，病了没关系，打几针就好了。"

但矽肺病并不是一场重感冒。不久，王冬明病逝了，他与唐冬梅六年的热恋也戛然而止。

然而，唐冬梅这时候并不知道王冬明已经离世。1963

年8月，唐冬梅经过千辛万苦地打听，一个人来到了许家洞。她的出现，让曾经与王冬明一同工作和生活过的工友们感到愕然。这时，没一个人忍心把王冬明去世的消息告诉她。唐冬梅却跟他们打听道："王冬明到底在哪里？本来，他每周会写一封信给我。一写就是六年，从没中断过。前些日子，我突然收不到他的信。我很奇怪。我想他是不是变心了。但这个猜测被我推翻了，他应该不是一个'薄情郎'。但我就是想不通，我一连给他写了二十几封信，也不见他回信。一个字，他都没回！"

"嫂子……"有位工友欲言又止。

"你们把他藏到哪里去了？"唐冬梅问道。

另一位工友长叹一声，说："妹子，我们真、真不知道怎么跟你说。"

很快，工友们把唐冬梅带到集体宿舍内王冬明的床前。床头上有一只装过炸药的小木箱。唐冬梅缓缓地打开小木箱，发现箱子里除了放有她写给王冬明的信外，还有二三十封王冬明写给她却没寄出的信，另有王冬明的一个日记本。小木箱里也放着王冬明的奖状，包括"千米英雄"的奖状及徽章。

唐冬梅这时才知道，王冬明已经离世三个多月了。

原来，王冬明生前做了一个决定，与唐冬梅一刀两断，自己患有矽肺病，绝对不能影响唐冬梅的生活。所以，他收到唐冬梅的来信，也写过回信，哪怕他撑着病恹恹的身子走到了邮局门口，甚至看到邮局那个大姐向他招手，他仍没把信塞进信箱。回到病房，他只能躲在被窝里捂嘴哭上一阵。他不回信，就是想让唐冬梅忘记他这个"负心郎"……

在老乡的陪同下，唐冬梅来到王冬明的墓地。她双腿一软，"扑通"一声跪了下去。接着，唐冬梅念着王冬明写给她却没寄出的信，一封又一封。最后，她痛哭道："冬明呀，冬明，我心爱的冬明，我们从小一块长大，哪怕我为你留个后代也好呀，你怎么就一个人走了呀……"

那天，唐冬梅发誓："从此一生，我唐冬梅决不嫁人！"

唐冬梅离开七一一矿时，特意走进邮局，深情抚摸着王冬明寄信的那只信箱……

而这时，邮局大姐含泪站在唐冬梅的身边，她只说了一句话："妹妹，他是世上一等好男人！"

三

谢长生当然记得，他第一次往 41 号信箱投信，是他写了一封回信。这也是他有生以来，第一次把信投进信箱。那一刻，他很犹豫，信被塞往信箱正面那一道长缝中，又被他抽了回来。

"你这人怎么了？"

埋怨他的是工友，也是老乡杨红生。杨红生从谢长生手中夺过信，唰地塞进了 41 号信箱。

谢长生忐忑地问："这、这行吗？"

"好事呀。一定会有好运的。"

一听这话，谢长生的脸上露出了笑脸。他抬头看了看天空。正午的阳光丰沛充盈，特别明媚，毫无保留地洒落在许家洞上空。湛蓝的天空上，几团白云，如绵羊般悠闲地漫步。这时，还有一只大雁飞往天边。谢长生怔怔地说了一句："托大雁捎信会更快一些吧？"

刚才塞进 41 号信箱的这封信，是谢长生给一位叫刘建辉的姑娘的回信。

前些日子，谢长生回到老家怀化洪江。在熟人的介绍下，他认识了来村子插队的女知青刘建辉。见面的时间是在 1976 年。之前，谢长生从没见过这个姑娘。谢长生当时感到脸上发烧，不时搓着手，还答不上话来。刘建辉却是一个大大方方的姑娘，她主动跟他说话。她的嗓音很好听。也许是这个缘故，谢长生对这位女知青有了好感。

谢长生回到七一一矿不久，就收到了刘建辉的来信。晚上，他找到杨红生。

他说："帮我念封信。"

杨红生拆信一看，叫道："哎呀，这是情书。好意思拿给我看？你自己看。"

"看、看……我怎么看？"

"用眼睛看呀。"

"能识这么多字，我还找你看？你知道我就是一个文盲。"

杨红生当然是跟他开玩笑。那天，杨红生刚领到工资，心情特别好，就把这封情书念得有滋有味。

谢长生摸摸后脑勺，憨憨地笑道："好像是她面对面跟我说话。嗯，面对面说这话，她一定会红脸。"

"我哪晓得呢？不过我提醒你一句，你得赶紧回一封信。趁热打铁，感情才能蹿上来。"

"回、回信……"

"这情书你写一封，她写一封，你来我往，你才有机会把她娶进门呐。"

"可、可我不识字——"谢长生满脸都是无奈。但他眼珠子一闪，对杨红生说，"今晚，我帮你加一个菜。你最喜欢吃的青椒炒肉！"

"什么意思？"

谢长生说："帮我写一封回信。"

杨红生答应了。吃饭时，谢长生真给杨红生加了一碟青椒炒肉，杨红生也往谢长生的碗里扒了一大半。其实，与谢长生同住一间集体宿舍的杨红生，前不久已经被谢长生当成了"老师"。矿里正进行扫盲，谢长生跟着杨红生学识字。但常常因为要抢生产进度，识字本被谢长生扔在了床上。杨红生帮谢长生代写了两三次情书后，便趁机跟谢长生说道："既然是情书，我就不能一直代写吧。"

谢长生点了点头。

从此，他识字的态度好了很多。

一个月后，谢长生开始自己动笔写情书。有些字不会写，他除了向杨红生请教，也翻《新华字典》。甚至坐车上班时，他也把《新华字典》带在身边。做下井安全检查时，安全员跟他说："忘了规定？不得带书下井。""我、我放在井外可以吧。"谢长生还有点儿小情绪。下班时，他把衣服一换，便打开《新华字典》。没多久，他在一次矿里文化扫盲会上得到领导点名表扬。杨红生笑道："你态度本来就不够端正，因为谈女朋友才学识字。"谢长生连忙求他道："保密！保密！兄弟，哦，我的杨大老师，要不我谢长生没脸见人了。"

接着，谢长生掏出刚写好的情书，让杨红生看一遍，帮自己找出错别字，到了晚上又重抄了一遍。

一年后，谢长生觉得自己可以出师了。他把自己刚写好的情书直接投入41号信箱，这时，他不再忐忑。因为女友刘建辉发现信中的错别字后，会很热情地在回信中帮他指出来。谢长生写信进步很快。开头几次，他只能在信中写上几句简单的话。两三个月后，他便可以写满半页纸了。半年后，他就能写满一页纸了。他获得女友的表扬也越来越多。

这期间，刘建辉跟谢长生聊了一件事：有同学见刘建辉收到的来信，地址都是写"41号信箱"，即提醒她："别被爱情冲昏了头脑。"刘建辉满脸茫然，不知道什么意思。同学说："世上哪有叫'41号信箱'的地方呢？说不定对方就是一个大骗子。玩弄你的感情，你却没法去找他算账。"刘建辉一笑了之。

谢长生跟她交代过，一定不能随便跟人家说"41号信箱"是什么地方。

不久，谢长生再次得到表扬。他写的一份决心书没有发现一个错别字，还被夸有了些文采。

他嘿嘿笑了。

也是这一年，他将刘建辉接到了矿里，这时，两人的人生翻开了新的一页。

很多年后，谢长生仍颇有感触地说："当初要不是想着往41号信箱塞情书，恐怕到了今天，我也只识得'谢长生'三个字。真的很感谢那只邮箱。它给了我爱情，也带给了我美好的生活。"

它们有一个共同的名字，叫"红旗"

"它的名字叫'红旗'！"

时至今日，刘龙明仍会时常想起在部队驯马的日子，尤其是会思念其中的一匹骏马。

刘龙明曾在海南当兵。那时候，部队常常要参与地方建设。在这期间，刘龙明一直在争当建设标兵。他打石头，三次打出全排新纪录；他洗河沙，连长连续几次表扬他，称赞他不仅洗得最多，也洗得最干净。

其实，他当时做的是炮兵，而且是连队里有名的一位"二炮手"。

"二炮手"，即负责装塞炮弹，看似动作简单，但真要当上"二炮手"，必须达到两个标准，一是力气大，二是行动敏捷，上手快。连长看到刘龙明个子高，身体结实，反应快，便直接点名让他做"二炮手"。

刘龙明没让连长看走眼。

很快，他在"二炮手"考核中夺得了第一名。

这成绩来之不易。

取得好成绩后，刘龙明又有了一个新念头，要在独立团军事比赛中取得好成绩。这一天，连长突然把他找到跟前，直截了当地说："刘龙明，你明天去驯马！"

刘龙明一愣。

他当然知道，独立团离不开马，因为需要马匹拉炮弹。

刘龙明困惑了，难道自己一不小心犯了什么错误？

连长拍拍刘龙明的肩膀，接着说："不是大材小用。驯马场来了一匹编号43号的烈马，换了三个驯马员，也没法让它规矩起来，更不用说一切行动听指挥。团长一拍脑袋，脱口点了你的名。"

听说是这回事，刘龙明当即把胸脯一挺，说："保证完成任务！"

当天，刘龙明跟这匹烈马见上面了。这匹马不仅长得高大帅气，而且有一副奔跑迅疾的雄姿。但它并不欢迎刘龙明，刘龙明刚一靠近，它即在嘶叫声中来了一个踢腿，刘龙明被它逼退了两步。他没有叱责这匹烈马。他想，要让烈马接受自己，必须先跟它交朋友。

怎样才能赢得43号的好感呢？

刘龙明观察后发现，喂草时，43号马吃得漫不经心，眼睛却不时瞧一瞧另一堆草。刘龙明恍然大悟：43号挑食。

他从43号看中的草堆中搂了一捆草，放在43号跟前。43号冲刘龙明喘了一口气，接着津津有味地吃了起来。刘龙明好不欢喜，趁这时刻上前抚摸着马背。与往日不一样，这次抚摸没遭到43号的回避。相反，43号侧头看了刘龙明一眼，又继续吃草。刘龙明经过观察，发现43号喜欢吃鲜草，从此刘龙明总会挑些鲜草给43号吃。

最终驯服43号，靠的是刘龙明的臂力与技巧。经过几番折腾，43号认定刘龙明是自己的主人。于是，43号就与刘龙明成了一对"好友"。而且，刘龙明越来越喜欢这匹马，觉得它跟自己的个性是一样的，总有一股昂然向上、不甘落后的劲头。他特意给43号取了"红旗"的名字。在他的心里，这是一个神圣、崇高的名字。

后来，海南军区宣传队根据刘龙明的事迹，专门排练了一个节目。在节目正式演出前，刘龙明被请上舞台，一个女兵为他戴上了一朵大红花。主持人问道："龙明同志，你现在的心情怎么样？""我、我想哼几句我最喜欢唱的歌曲。"刘龙明看到主持人点头了，便唱道："戴花要戴大红花，骑马要骑千里马……"

回到部队，刘龙明把大红花戴在"红旗"的额头前。

当兵三年，三年皆被评为"五好战士"的刘龙明要退伍了。离开部队这天，他特意跟"红旗"告别。或许"红旗"已有预感，把脸久久地贴到刘龙明的脸上。那一刻，刘龙明流下了眼泪。

第二年，这位退伍兵来到了七一一矿。得知自己成为这家军工企业的一员，刘龙明兴奋得连续好几个晚上都没睡好觉。

刘龙明第一次看到钻机时，师父跟他介绍："你想打好孔，首先要学会驾驭这台钻机。看上去它有点儿笨重，但'脾气'可不小。"

"我就把它当成一匹烈马来驯服！"

接着，刘龙明一把将钻机提在手上。这一刻，他发现自己来到了一个更富有挑战性、更需要牺牲精神的特殊战场，他又有了热血沸腾的感觉。刘龙明仅用了五六个月的时间，就掌握了井下四大工种的技巧。一年后，他被同事誉为"全能选手"。支柱工，是他从事的第一个岗位。笨重的圆木，支撑它需要耗费极大的体力。当时，承担这一项任务的共有五位工友，但没多久只有刘龙明与另一个支柱工坚持了下来。这个支柱工后来说："我曾经也想服软，但是看到刘龙明从不叫苦，咬着牙也要干，越是危险时，越是抢在前头，我才没提出换工种。他给了我很多感动。有一次发现危情，刘龙明阻止我上去，最后是他一个人爬上去排险。"后来，两人成了"火线"上的一对好兄弟。

"红旗在前，事无止境。"这八个字就是刘龙明在七一一矿生产一线树立的一个信念。

哪怕没有竞赛任务，刘龙明也要自己跟自己比。他每个月的工作量一定比上一个月要高一些。很多工友说，他是一个永不满足的人。也正因如此，刘龙明不断当先进，当模范，当标兵，还被记了两次一等功。凭着这种极端负责任的工作态度，他走上了管理岗位。在他担任生产区副区长后不久，有两个工区合并，重新组建了一个大工区。矿领导果断决定，让刘龙明担任这个大工区的区长。矿领导在中层干部大会上说："我们这个大工区承担了全矿70%的生产工作量，举足轻重。让刘龙明来当区长，就是看中他敢于挑重担，敢于挺身而出，敢于牺牲自己。"之后，刘龙明把大工区这支队伍带成了生龙活虎、干劲冲天的主力军。

刘龙明有一种与生俱来的禀赋。

有一次放炮，出现哑炮。在炸药没完全引爆的情况下，进入坑道内排查是相当危险的。刘龙明很干脆地说："大家别急，我先进去看看。"他一个人走进坑道里，手握撬棍，一步一步地往前查找哑炮的位置。这时，他眼睛一瞪，蓦然听到头顶有一块石头发出了一点儿声音。就在他敏捷地闪身时，五六十立方米的石头忽地落下，接着，刚才没引爆的雷管里的炸药受力一压，当即发生爆炸。刘龙明一身乌黑地走出坑口时，工友们悬到喉咙口的心才落了下来。

刘龙明似乎每天都在面临考验，但他的言行中却时刻散发着一股浓浓的人情味。有一次，工友们甚至跟他"争执"起来。当时，工友嚷道：

"区长，每次矿里下拨的奖金，你只拿二等，我们拿一等。这怎么行呢？"

"这是规矩。"

"规矩，规矩，可这条规矩是你刘区长定的。"

"你们在一线，拿多一点儿，管理人员在二线，拿少一点儿，这是理所当然的。"

"但你天天跟我们下井作业。哪怕你上午开会，下午也还要下井补半个班。矿长在会上都说了，火车跑得快，全靠车头带。这规矩得要改一改吧。"

"你是区长，我是区长？"

"你、你是。"

"你说了算，还是我说了算？"

"……区长说了算。"

工友们傻了眼，绕来绕去，又被刘龙明"套"了进去。不过，大伙相互看一眼后，忽地一起笑了起来。刘龙明挥挥手，说："好好干活，否则我拿一等，你们拿二等！"

这年的一天，井下作业区的一些铜线突然不翼而飞了。派出所经过调查，很快破了案。原来有四名年轻工友悄悄把铜线带出了坑口。派出所打算把它作为"破坏生产"的治安案件来处理。他们征求刘龙明的意见时，他却不同意这个定性。他说："年轻人手头紧，开销又大，这才一时冲动做错事，但并没影响到生产，也没造成安全隐患。"

"难道他们没错？"干警不解。

"错了，错了，他们也知道错了。"

"错了就要处理。"

"那当然。我严肃批评过他们，除了补回损失，还要扣奖金，在会上做公开检查。我跟他们也说了，如再犯错误，就砸了他们的饭碗。"

干警见刘龙明虽把话说得很严肃，却分明是在挽救四名年轻工友的前途，便采纳了他的意见。刘龙明把四名年轻工友好好地教育了一顿，他们幡然醒悟，知耻而后勇，很快，刘龙明手下就多了四名得力的干将。

谈及在七一一矿的这些往事，刘龙明的脸上总会露出欣慰的笑容。

"舍不得他们。哪怕退了休，我也要时常来这里看一看。"刘龙明说道。每一次到了井口，他都要摸一摸钻机。当年，刘龙明给自己使用的钻机取了一个昵称，也叫"红旗"。

在他眼里，钻机便是一匹烈马，也是自己的朋友。

后来，他换了一台风钻，则称它为"红旗2号"。在工友们的记忆中，刘龙明那些年用过好些钻机，用的都是"红旗"这个昵称。这些钻机的名字，其实都表现了刘龙明勇往无前的进取心和一种难以舍弃的情怀。

一位省城记者采访刘龙明后，曾写下这么一段文字："当年那匹军马叫'红旗'，后来这些钻机也被他叫成'红旗'。这当然不是简单的某个称呼，它是刘龙明的信仰。军旗是红色的，党旗是红色的，他一生所追求的理想也是红色的……"

没 "水分" 的 "水班长"

"我做管水工？让我伺候一只傻乎乎的水泵？"

彭德远一连反问了好几次，眼睛也瞪大了。他一时没法相信这个安排是真的。

是的，他忽然有了一种英雄无用武之地的感觉。

小时候，彭德远最爱听父亲讲精忠报国的故事。当兵后，他表现突出，得到的奖励一个接一个，由此也成为一个优秀的士兵。刚刚从部队复员不久的彭德远，风尘仆仆、满怀激情地赶到七一一矿报到。这是 1962 年的一天。他知道这座矿山承担着民族与国家的重托。在离开家乡时，彭德远满怀豪情地跟家人说："放心吧，在这个'特殊战场'上，我一定会再立新功。献身祖国铀矿事业，这是我的雄心与壮志。"

结果刚到七一一矿，彭德远就接到上岗的正式通知：管水工。

于是，他找到领导，再三请求改派工作岗位。他甚至把自己当年在部队如何争做优秀工兵的事迹说了一遍又一遍。领导受感动了，而且还说了一句："这也证明我们的安排是很正确的。"

愕然，听到这话，彭德远就是这副表情。

第二天，他正式上岗，他不得不站到水泵前。当管水工会有什么出息呢？抑或就是让自己过上一种百无聊赖的日子。他无可奈何地看了水泵房一眼，接着猛吐一口气。蓦然间，他觉得水泵房成了自己的"人生冷宫"。

这不是我要的工作岗位！

他一转身，跑出了水泵房，跑上了山坡。

哪怕这时候的许家洞的秋色醉人，他也觉得眼前一片空白，他甚至不知道自己的明天在哪里。

他甚至有了一个念头：打道回府。回到老家，随便谋个差事，也比在这里当个管水工有出息些。

所以，他每天都带着情绪走进水泵房。

"小彭，你陪我下井去走一走。"说话的是车间主任。

彭德远把头撇开，仿佛没听到车间主任的话。车间主任抬手拍拍彭德远的肩膀，笑眯眯地问道："怎么了，这个面子也不给我？"

彭德远抬抬下巴，说道："让我跑到井下去参观一趟，过过眼瘾？"

"过把眼瘾也好。嗯，说不定会让你有心动的感觉。"

彭德远虽然撇撇嘴角，但还是挪动了脚步，毕竟这是车间主任的邀请。很快，他随车间主任抵达井下。车间主任平时是一个话不多的人，这时却打开了"话匣子"一样，一路跟彭德远介绍井下输水体系，也描述了输水体系的重要功能。车间主任说："如同一个人一样，看上去大脑和双手最重要。大脑可思考，双手能劳动，它们共同发力，我相信任何奇迹都能创造出来。"

"我就是这么想的，要不活着还有什么价值和意义？"

"我赞同你的观点。但没有心脏和血管的支撑，这人还有获得价值与意义的可能吗？"

彭德远脱口道："没了生命，就失去了人生。"

车间主任点点头，然后意味深长地说："我们管理的水管就是这座矿山的血管。这其中最重要的要数水泵，它是矿山的心脏。"

一听这话，彭德远愣住了。

"这并不是一个比喻。它就是事实。水泵停了，矿山也就失去了生命。如同一个人，心脏停止，即便这人有一副健壮的体魄，此时又有什么意义呢？所以，我们管水工就是赋予这座矿山生命的人。"

彭德远被车间主任的话触动了，他这时才明白，车间主任带他下井，是在启发他正确认识自己的工作岗位。经过一番交流，他不得不承认，水泵还真是矿山的生命之源。

"主任，我跟你做检讨。"彭德远突然感到愧疚。

车间主任笑道："检讨嘛，你不用做了。我完全相信，你一定会成为一个出色的管水工。"

回到宿舍后，彭德远把偷偷写好的辞职报告撕了。

接着，彭德远跟老管水工拜师求教，又找来相关水泵资料学习，他把休息时间都花在阅读这些资料上。到了周末，他特意上图书馆借来了几本相关的专业技术书籍。这天，有工友约他去打牌，他支吾一番，似乎是答应了，结果牌局上却不见他的身影。工友跑到宿舍去找他，才知道他刚刚去了水泵房熟悉系统。不到一个月的时间，他完全掌握了水泵岗位所需的专业知识，也熟悉了实操方法。上班时，彭德远有了一股认真专注的态度，操作准确，工作效果也非常好。很快，他看管的水泵每周都贴上了红旗设备的标志。

这时，车间里的同事惊喜地说："老兵一转身，又成了一位优秀的新兵。"

"他是标兵！"车间主任纠正道。

在示范交流会上，彭德远沉着冷静、准确无误的操作，赢得一片掌声。车间主任露着欣慰的笑脸说："彭德远这番操作，可以称得上是教科书级的演示。"

"你操作这般厉害，有什么诀窍呢？"有同事当即向彭德远打听。

彭德远笑了笑，说："哪有什么诀窍？就是用心。"

没多久，管工班提出了"用心操作"的口号，同时也有了一些具体的举措。

彭德远的"用心"不仅得到表扬，也深得领导的信任。没多久，彭德远被任命为管工班班长。从管水工到管工班班长，岗位换了，工种变了，他与水的感情却越来越密切。这位管工班班长，从此跟水打了28年交道，并获得了一个昵称——"水班长"。他先后17次被评为先进生产者，连续3年被评为矿劳动模范，4次被评为优秀党员。特别是在生产大会战期间，他两次荣立一等功。

荣誉的背后，却是他的辛苦付出。

这年，矿里全面开展"双增双节"竞赛活动。很快，各工区和班组纷纷推出"双增双节"举措。

"咱们管水工怎么办？"彭德远思考着。晚上，他甚至被这个问题搞得彻夜难眠。

"管工班班长"，有人说，"供水，人家需要一滴就供应一滴，我们不可能仅供应半滴水吧。"言下之意，供水团队用不着去凑"双增双节"的热闹。

彭德远却不信这个说法。这天，他一大早走到水泵前，看了又看，想了又想，似乎还是束手无策。他无意识地把右手搭在一只阀门上，有个管水员笑道："彭班长，你不会把这只阀门扒掉，当废品卖掉，算是增收成绩。"

"扒掉阀门——"彭德远愣了一下。

他认认真真地打量了阀门一番，一拍巴掌，大声叫道："有啦！"他冲出水泵房，一口气跑到了工段党支部书记肖坤伟跟前。

他说："有办法了。我找到办法了。如果能把三级供水改为二级供水，减少一个环节，不是可以在节电还有耗材上打个翻身仗吗？人工也可以减少。"

肖坤伟一听，眼睛当即发亮："我说彭德远，你这个灌满水的脑袋真开窍了！"

"不、不行吗？"

"错。我一万个赞成。"

接着，彭德远跟肖坤伟嘀咕了好一阵子，很快拟定了一个管水体系"双增双节"的方案。

管工班班长开会，没等彭德远介绍完，全班同志就兴奋起来，他们个个摩拳擦掌，等待方案被批准。

两天后，矿里同意了彭德远提交的方案，并且，矿里决定："三改二"工程由管工班班长负责完成。同时，矿里提出了一个让管工班班长没料到的条件，即在施工过程中不能影响全矿供水。

不影响全体供水，怎么完成"三改二"工程呢？很多人傻了眼。旁人也嘀咕：想表现自己，结果自找麻烦。看到有人想看管工班班长的笑话，彭德远嚷道："骑上老虎背，我就没想过如何下来。"他觉得，既然矿里有这个要求，肯定可以找到应对的方法。经过一番琢磨，他憋着一股劲儿立下了军令状：我们利用中午和晚上时间干活儿，保证不影响正常供水。

但一个又一个难题仍是接踵而至！

500吨泵房在半山腰上，没有公路上去，哪怕吊车愿意帮忙，也使不上劲。怎么办呢？

"吊车使不上，我们身上的力量可以使上！"彭德远捋起了衣袖。

经过彭德远与管工班同事夜以继日的奋战，5台4吨多重的水泵，硬是被蜗牛爬行一样地拖出了泵房。接着，他们将供水系统进行了全面调整。这天中午，肖坤伟跑到管工班检查工程进展情况，得知管工班上下齐心协力，硬是靠人工推进了工程改造，他激动地把一个巴掌重重地拍到彭德远的肩上，大声夸道："奇迹！你们创造了奇迹呀。两个月的任务，你们只用了半个多月时间就拿下了。"

矿部"双增双节"的捷报上，于是添上了管工班令人咋舌的成绩：每年为矿里节省电费12万多元！

很快，人们发现，彭德远不仅用心管水，还喜欢用脑管水。

这年，彭德远遇到一件令人兴奋不已的事儿。他得到一个准确的消息，矿里正式制定了井下热水利用三期工程方案，意味着第三期开发利用热水工程摆上了议事日程。

但决策者转瞬又犹豫了。因为工程预算显示，需要投入资金 40 万元。这笔钱对于转型期间的老矿山来说，是一个巨大的数字。

本该是让矿山受益的工程，难道就因为资金拮据而放弃吗？这个疑问在彭德远的脑海中盘旋了好些日子。这是一个炎热的夏夜，彭德远躺在空坪上的竹床上歇凉，看似惬意，其实他满脑子都在琢磨热水利用工程的事儿。他扇着扇子，但扇得越来越慢。他凝望着夜空，似乎被哪颗星星深深地吸引了。也许，是一颗智慧之星冲他眨了眨眼睛，然后一股神秘的力量忽地挑动了他的神经。

突然，他跳起来，直奔矿区的另一座家属院子跑去。还没来得及敲响车间领导的门，他便大声地喊道："找到了！找到了！不花钱也能上三期工程的办法，我找到了！"

原来，他想到了一个简单却充满智慧的方法：将热水直接接进凉水管，这样既节约用水费用，也节省了管道费用。

一个两全其美的办法！

他的想法当即得到矿领导的支持，他主动承担起这项工程落地实施的任务。

说干就干，彭德远组织全班人员调整管路和阀门。他们仅用几天的时间，就让清澈透亮的温泉水流进了每个家庭。从此，矿里人在日常生活中用上了优质矿泉水。机关、医院以及一些特殊车间也拥有了冬天利用温泉水取暖的条件。同时，矿里开发了温泉水养鱼项目，这也为后来温泉旅游度假奠定了基础。

还有一件事，也让彭德远得到褒奖。

那是一段久晴无雨的日子。七一一矿引水源头东江的水位急剧下降，干涸的河床日渐变大。这天，彭德远从电话中得到一个消息：东江泵房治水泵吸水龙头全被污泥堵住了。

矿里这时下达一道指令：绝对不能影响矿里的生产用水。

彭德远连夜赶往东江，东江是七一一矿的用水源头。

月光挂在山坳上。彭德远好不容易才跟班里的五个工友会合，连饭也没顾得上吃，即刻沿着山路跋涉30多里，终于赶在晚上九点钟前到达东江水源上的泵房。他顾不上休息，拿起手电筒，一溜烟地跑到水源点查看。果然，又脏又臭的污泥把吸水龙头紧紧包裹住了。

"班长，这可怎么办呢？"

工友们望着彭德远，期待他想出一个办法来。

彭德远却跟他们讲起了一段往事。1960年，他随南京空军地勤部队参加地方抢险突击战。当时，他一整天没吃饭，连续作战，累得小腿直打哆嗦。他没有歇一口气，把冷水往小腿上一泼，转身又冲了上去。

"班长，眼前哪怕往小腿上泼冷水，也没办法解决这个龙头的堵塞问题啊。"

彭德远嚷道："哪儿会没有办法呢？"

接着，他把衣服一脱，只身跳进污泥坑里。五名工友恍然大悟。他们大叫一声"好"，也跟着跳了下来。

一场搅泥排污的战斗，就在夜幕笼罩下的东江河边打响了。在他们奋力搅动之下，污泥迅速散发出一股臭不可闻的气味。这时，有一个工友连连作呕。

"你上去休息。"彭德远说道。

这个工友却说："你刚才不是也干呕了几次吗？听你的，必须在天亮前疏通吸水龙头。"

彭德远叫道："好！我们一起努力！"

这时，秋风吹起来了，黑糊糊的污泥水也变得越来越刺骨，冻得大家腮帮子直打战，但谁也没说要爬到岸上去歇一会儿。整个晚上，彭德远与工友们都战斗在污泥中。天亮时，他们终于把吸水龙头周围的污泥清理得干干净净。

彭德远拖着精疲力尽的身子走进泵房。他长舒了一口气，才抬手按下启动按钮。顿时，水泵欢快地运转起来。他身边的工友们看到白花花的水从管道流出来时，高兴地跳了起来。这一刻，他们把饥饿和疲劳全抛到了九霄云外。

彭德远却叮嘱工友："回到矿里，这事可别说了。"

工友们点点头。

他们知道，彭德远这样拼命的搞法，一旦传进家人的耳朵里，又会让家人担忧。因为他们的班长早就患有严重的风湿性关节炎，以及严重的胃病和肋骨增生。医生见了彭德远，第一句话就是提醒他："千万别泡到冷水中。否则你的风湿病和胃病病情会加重。""我知道，我知道，身体是革命的本钱。"彭德远每次都是满脸笑容地说上一句。但只要工作需要，他就马上忘记了医生的叮嘱。他说："我是班长，就要像个班长的样儿，指手划脚不像班长。"有工友称，这话被彭德远说过一百遍。不过，这次从东江泵房回来后，彭德远还是瞒着家人去了一趟医院，他的风湿病又犯了。拿到药后，他偷偷地吃，家人发现后，他称自己在补钙……

几十年来，彭德远给工友们留下了深刻的印象，即这位"水班长"不仅用心，还能用脑，更是用命——为了工作，为了事业，他会不顾一切地扑上去。

彭德远退休时，一位矿领导紧紧地握着他的手，一半诙谐一半认真地夸道："你这个'水班长'，这辈子扎扎实实做事，认认真真做人，所获得的业绩没半点儿'水分'。敬佩你呀，一条真汉子、硬汉子！"

一个有故事的矿嫂

在采访七一一矿老工友张自钊时，我认识了他的妻子张荣华。

夫妻俩皆姓张。

很多人说，张自钊是一个"干活打前锋"的角色。张自钊平时说话不多，连他女儿也说父亲一辈子就是一个少言寡言的人。但工友们都很佩服他，他们跟我介绍了张自钊的不少事迹。在七一一矿采访的这些日子，我早已明白，七一一矿的每个工友都有不少令人感动的故事。在与张自钊交谈的过程中，他的妻子偶尔插进来的几句话，却让我感觉到，这是一个有故事的矿嫂。

果真！

一

"我老公是我叫回来的！"

张荣华的这句调侃，却也道出了一件令她一直都忘不了的"痛并快乐着"的事。

这件特别的事发生在 1982 年。

张自钊在井下施工时，被沉重的电缆砸了，当场倒地。

这时怀了孕的张荣华，挺着大肚子，如同往日一样站在自家门前等张自钊下班。她刚刚做好了饭菜，其中一道菜是张自钊最爱吃的青辣椒炒五花肉。她看到很多熟悉的工友在从她的身边匆匆走过时，似乎都露出一副惶恐的表情。这一刻，她使劲瞪大眼睛，往山上下来的路上眺望。

她没看见丈夫那熟悉的身影。

她也没听到栖息在松树上的那只猫头鹰的啼叫，却听到了救护车的警笛声。

她的心越跳越快。

很快，张荣华得到一个令她五雷轰顶的消息：她的丈夫张自钊在井下受重伤，已被紧急送往医院抢救。张荣华失魂落魄地赶到医院。这时，矿里领导以及众多工友已经在医院大楼前等候张荣华。她还没说话，就有工友上前扶住了张荣华。张荣华急忙问道："自钊怎么样了？"

一时间没人答话。

张荣华的嘴唇哆嗦起来，又问："我老公呢？他在哪儿？他在哪儿……"

"节哀顺变！"有一个工友努力挤出了一句话。

一听这话，张荣华的双腿瘫软了，但她没有倒下，她只有一个念头：必须看到丈夫！工友扶着她走向病房，并且告诉她：经过抢救，医生仍无法将张自钊抢救过来。她走进抢救室时，工作人员刚刚完成对紧闭双眼的张自钊的拍照备案。

张荣华扑到床前大哭，叫道："张自钊！张自钊！张自钊……"

她突然摸到了张自钊的脚，发现脚冰凉冰凉的。她赶紧脱下自己的袜子给老公穿上。她弯腰脱袜子时，一副很费力的样子。她已过了预产期。工友赶紧劝她注意身体，千万别再发生什么意外。但张荣华仍在呼喊丈夫的名字，同时使劲拍着张自钊的身体，似乎要唤回他身上的暖意。

在她的哭喊声中，矿里紧张地为张自钊准备后事。二十几盆鲜花摆在张自钊的"遗体"周围。张自钊的"遗像"也已加急冲洗好，装进木框后，又系上了一朵黑布花。

"遗体"告别仪式一切准备就绪。

医院走廊上的挂钟已经指向下午三点多钟。事故发生在上午十一点四十分钟，时间已经过去了四个多小时。

突然，张荣华停下了喊叫。

她发现张自钊的指头动了一下。她的嘴唇哆嗦了几下，怕是自己刚才眼花了，便使劲揩去泪水，再盯住丈夫的指头，果然，张自钊的指头又动了一下。她当即提高嗓门喊道："张——自——钊！"

奇迹，竟然真的发生了。

紧跟着，工友把窗户一推，激动地冲窗外那些悲痛的人喊道："醒了！醒了！张自钊被嫂子叫醒了！"

今天，谈起这件往事，张荣华很豁达地说："矿里的医生已经尽力了。那时候，医疗条件就是那个样子。"她至今仍很感激当时的矿领导和工友。她清楚地记得，张自钊醒来后，张荣华猜到丈夫饿了，就问他想吃什么。张自钊说："我、我想吃猪肝！"张荣华傻了眼。当时，猪肝哪是想吃就能吃到的，哪怕攒了一点儿钱，上圩场也买不到。矿领导得知这事，马上把全矿六七家食堂搜了个遍，终于把三斤多猪肝交到了张荣华的手上。她说："我老公吃了好几天猪肝。这是他感到最满足的时刻！"

时隔不久，张自钊又要下井了。

张荣华没有阻止他，也没请求领导把丈夫从井下调到地面的工作岗位。她说："矿里哪样事都要有人去做。都不去做，七一一矿不就散架了吗？"张自钊出门时，她会认认真真地叮嘱道："你得注意安全。"还忍不住交代：

"班里那几个毛头小伙子，你得时常敲敲他们。"

张自钊后来还受了两次重伤，被定为四级工伤。哪怕张自钊疗伤时，张荣华也未有过半句怨言。

张荣华说："我在自己心里多说了几个平安！"

采访时，她跟我说："他往前冲，我不能拖他后腿。我是他老婆！我是七一一的矿嫂！"

这么多年的每个日子，张荣华就是这么坚持过来的。

张自钊曾经感慨道："是的，这些年头，我有了一些好名声，其实一大半是我老婆帮我攒的。"

二

如果被问到，在七一一矿当矿嫂有什么感受时，张荣华一定会说："这苦吃得不少！"

1971 年，张自钊从老家浏阳来到七一一矿工作。那年，他才刚满 18 岁。1978 年，他娶了张荣华。张荣华与张自钊是老乡。张荣华小时候也吃了不少苦，小学没念完，便没了母亲，父亲则在外地修铁路。七八岁大的时候，张荣华就开始喂猪，不久又养了几只羊。饭菜也是她自己做。当时，她的个子还没灶台高，张荣华就从屋外拣来几块石头和断砖头垫在灶前，自己再站上去。十几岁时，她开始出工挣工分，之后的日子她除了没犁过田，别的农活儿她全干过。"双抢"时，白天割稻子，晚上跟男劳力一块儿打谷。邻居看她干活的架式，说："荣华呀，你比我家大崽更像一个拿十个工分的劳力！"哪怕队里杆屋墙，她也是整个大队唯一一个挑土上墙的女子。谈及这事，她跟我笑道："上墙就是踩中间走，眼睛不开小差儿。"话被她说得很轻松。当时，张自钊的兄嫂看出了张荣华是一个能吃苦又能干的姑娘，便请大队支书的老婆做介绍，要让张荣华嫁给张自钊。张荣华说："支书老婆跟我平时玩得最好，我就听了她的话。"

那时，村里人说：张荣华嫁了一个矿工，这辈子要享福了。

结果，张荣华非常诧异地发现：张自钊很穷。

在老家，张自钊竟然没有半间属于自己的房子。张荣华回忆说："扯了结婚证后，只买了一张床。他身上也只有买这张床的钱。家里吃的米，还是我从娘家带来的。我成了村里唯一一个带着米出嫁的女人。"

她发现，张自钊平时很节俭，其实也攒了一些钱，却给他哥哥结婚用光了。张自钊的小本子上清楚地记录着，嫂子结婚穿的新衣服都是他花钱买的。这一切，都不是张荣华想象的样子，但她并不沮丧。

张荣华与张自钊是在 1978 年结婚的，直至 1989 年张荣华才住到七一一矿，算是正式做了家属。之前的十多个年头，张荣华都在老家当"半边户"。她说："那时候张自钊每年只回家一两趟，待上十来天的样子。他没那么长时间的假，都是在矿里攒的假。"张自钊这假是怎么攒的呢？原来，轮到张自钊休息时，他便与工友换班，自己上班，让工友先休假，等他回家探亲时，再把轮休假休掉。这般操作也不容易，但张自钊面对妻子时，仍颇为内疚。他当然知道，张荣华在家里，边挣工分，边带小孩，白天参加生产，晚上做完家务后，把孩子哄睡，或者就把孩子抱入箩筐里，便开始做花炮。哪怕做到邻居家那只大公鸡啼叫了两遍，也不上床睡觉。张荣华就是靠这点手艺给家里挣点儿零花钱。

采访时，我问张荣华那时候觉得累不累，她却自豪地说："我的手脚比人家快，做的花炮最多。"

她的手脚快，也体现在打毛线衣上。

张荣华来七一一矿当家属，仅过了三天，她就上店里去领毛线打毛衣。她仍是一个念头，要帮张自钊减轻经济上的压力。为了节省电费，秋夏的晚上，她就坐在门外的路灯下打毛衣，一直打到午夜时分。天冷时，她只能躲在家里打。她说："那时候，矿区正在抓赌，晚上看到哪家半夜三更仍亮灯，治安员就会上门检查。我们家也被治安员敲开过两次门。他们两次见我都在打毛衣，便说，整个矿里也就是你这个女人打毛衣熬到大半夜。治安员后来也不再上我家检查了。那些日子我也很开心。我挣的钱，比我老公的工资还多些。"

她后来才有了一声感叹："我大女儿是靠我打毛衣养大的。"

张荣华还生了一个小女儿，小女儿她又是怎么养大的呢？她爽朗地说："她是我开快餐店挣钱养大的。"

说到开快餐店这事，我与张荣华有了一番对话。

我问："那时，一个盒饭卖几块钱？"

"一块。"她笑道。

"够便宜。"

"煮碗粉，才卖五毛呐。"

"我猜，凭你这爽爽快快的个性，那生意应该蛮不错。"

"嗯。"

"位置应该也好呗。"

"你没猜对。我的店子开在小区最里头，前面有几间炒盒饭的店子，但生意数我的店子最好，却也不容易。店里当时也卖点儿烟，但是因为手头紧，相思鸟烟两块钱一包，进货时也只能拿一条；蓝色郴州烟一块钱一包，顶多拿上两条。卖一条，进一条。开头炒盒饭时，连买碗的钱也挤不出，我就把家里的碗筷拿到店里。店里又没请帮手，大女儿放了学回来，要做的第一件事，就是来帮我洗菜洗碗。大女儿那时才上小学。"

这真是一个懂事的孩子。

张荣华的大女儿叫张丽娟。她跟我说了她母亲进城进货的一件往事：当时是夏天，矿区的啤酒好卖，母亲就带她到郴州市区订了五件啤酒。一般客户订好啤酒后，会雇一辆三轮车把货运到客运站。但她母亲舍不得花钱雇车，就让她看守啤酒，自己扛起一件啤酒往前走，走了两三百米，便把啤酒放在路边，然后回头，再去女儿那儿扛第二件啤酒。这个过程中，她作为母亲始终坚守一个原则：自己的眼睛，既要能看得见刚放下的啤酒，也能看见自己的女儿。张丽娟说："母亲怕丢了啤酒，也怕丢了女儿。这就是我母亲用了好些年的分段挪货法。"

张丽娟介绍，家里的第一件电器，是给她买的一台两个巴掌大的录音机。

"那天放学回来，我跟妈说想跟同学一样，有一台学英语用的录音机。"

第二天，张丽娟就拥有了一台录音机。这一刻，她觉得自己成了最幸福的女生。

张丽娟说，我从没见过母亲这么爽快。她明白，母亲想让她念好书。

后来，家里买的第二台电器是一台小冰箱。当时，张丽娟和妹妹以及她们的父亲都希望家里能有一台小彩电。张荣华一口答应了，家里爆发出一阵欢呼声。但张荣华进城带回来的不是小彩电，却是一台小冰箱。

张丽娟说："母亲把小冰箱直接放进店里。母亲仍是想着，店里如何赚更多的钱，好让家里的日子真正好起来。"

终于，张荣华在店里赚了一万多块钱。张自钊想买房子。他动了这个念头，因为家里的房子太破旧了，天上下大雨，屋里就会下小雨。过了些日子，张自钊带着两个女儿上工地捡回几块旧石棉瓦，把它们盖到了屋顶上。作为一个男人，他真不想让妻子和女儿受太多委屈。

张荣华也想换个好房子住。但她毫不犹豫地说："这钱不能买房，孩子读书要用钱。"

哪怕到了今天，张荣华仍在为自己当初那个决定感到庆幸。如今，她的两个女儿聪明伶俐，在社会上能凭自己的本事吃饭。这也成了一种家教和传承。由此，我想到自己曾写过的一小段文字：喧嚣之中，父母之爱朴素而深沉，也是孩子一往无前的底气。如今，张荣华的大外孙女在郴州市一中读高三，在刚刚结束的一场联考中获得第一名。这个大外孙女读书一直很努力，平时在年级考试中，不是第一名便是第二名。

张荣华说："我从不跟孩子们说分数上的事。哪个孩子不晓得努力呢？我以前做妈妈，现在做了外婆，就是一个劲儿鼓励她们，开导她们，让孩子们凭一种很平静却懂得向上的心态去读书。"

几十年下来，张荣华更自信了。

努力了，即会成功！

张荣华特意跟我说了一句话：大外孙女的小学也是在矿里子弟学校上的。也许，我的这篇文章还没发表，这个外孙女已经给她的外婆带来了好消息。

三

见到张荣华之前，我已经听说了她与一个聋哑人的故事。

这个聋哑人是一个女子，她一个人住在一间平房里。偶然一次，张荣华发现聋哑人的日子过得较为拮据，当天她就给聋哑人送去了食用油和一袋大米。之后，她常去接济聋哑人。过节时，她会将家里刚做好的鱼丸或扣肉端到聋哑人的手上，她说："趁热吃吧。"这时，聋哑人会冲她露出一张笑脸。

张荣华救济聋哑人的行为，是一直悄悄进行的。

俗话说：要想人不知，除非己莫为。

做好事也是如此。所以，张荣华在平时得到了不少褒扬。

张荣华有一个多年养成的习惯，请住在同一幢楼的单身职工来自己家里过节。当时尽管家里的日子并不宽裕，但在这一天，她会尽可能地多做几个菜。她还会备点儿米酒或者啤酒。

她不停地跟工友们说:"尽管喝,别跟嫂子省。"

有一年,一个姓李的单身工友却没被允许参加张家的中秋聚会。张荣华把他挡在门外,不让他进屋。她嚷道:"你早知道规矩,来嫂子家吃饭喝酒,不能提东西来。"多年来,这个规矩一直没破过。

过年时,单身工友回了老家。张荣华就会把他们的被子洗得干干净净,晒干后,再把被子缝好叠好。这些工友回来后,很开心地跟张荣华说:"嫂子,被子有一股香喷喷的太阳味。"

张荣华还经常帮助女儿的一些寄宿的同学,给这些孩子做饭,或者邀请他们周末住在家里。

那年,张荣华发现,有一位同单元的老者差点在楼前的人行道上滑倒。这条道年久失修,坑坑洼洼,如遇上下雨,就会泥泞不堪。张荣华就在住户中发起义务铺路的倡议,有钱出钱,有物出物。住户们纷纷响应,除了捐钱,还捐水泥和沙子。张荣华盘算了一下,见备料仍是不足,便借来一对簸箕,跑到家属区外的工地上去捡砖头,再挑回来。邻居看到她肩上的扁担压得弯弯的,就劝道:"张嫂,少挑点儿,别扭了腰。"

我采访张荣华时,邻居们也七嘴八舌地说了一些她做的好事。

比如,帮怀孕的矿嫂挑水。比如,有矿嫂怀不上孩子,张荣华便帮她们找郎中。据说，有三四个长期怀不上孩子本来打消了怀孕念头的矿嫂，便是在张荣华的热忱帮助下有了自己的孩子。人家夸她是一位"送子大嫂"，张荣华却笑着说："我不就是说了几句让她们有信心的话？怀不怀得上孩子，心理因素也很重要。我晓得如何给她们打气，跟她们做姐妹，一直让她们开开心心的。"

在邻居的眼里，张荣华天生就是一个热心人。

有人甚至还记得，张荣华结婚后第一次来到七一一矿时，就给工友们义务做鞋垫。那时，还是 1978 年。

这天下午，结束对张荣华的采访后，我欣然跟随她去探望那位一直被她帮助的聋哑人。她随手带上了饼干和永兴冰糖橘。走进聋哑人的家，聋哑人指了指晾在竹竿上的一块崭新的红色毛巾，向张荣华伸出了大拇指。

张荣华说，毛巾是她前几天送给聋哑人的……

女理发师的琐事

邓玉珍，曾经是七一一矿一位颇有名气的理发师，如今她是这座时光小镇中一道靓丽的风景。

七一一矿华丽转身，成为一座时光小镇，吸引了许多游客来这里游览。他们饶有兴趣地看看老食堂、看看老冰厂、看看老邮局和老百货店。在他们的眼里，这里每一个参观点，都是历史记忆中的一个标志。当然，游人最喜欢打卡的地方，要数一间老理发店。老理发店是时光小镇唯一一间仍有老职工上班的门店。

这位老职工就是邓玉珍。

一问她的岁数，游客们都十分惊讶，因为邓玉珍已经年过八十了。但她的身上，仍有一股子朝气，而且她的身上还有着一种七一一矿人特有的气质。这是我第一次见到这位老者的印象。

这位理发店的老职工说，她做梦也想不到，自己竟然会成为一个"网红"。那天，我采访老人时，有三四拨客人相继走进理发店，纷纷要求与她合影，甚至请她给剪个头发。一个陈姓的广东游客，特意在时光小镇内的邂逅温泉酒店留宿了一晚。原来，他头一天下午听邓玉珍讲述七一一矿的往事，仍觉得意犹未尽。他说，他的爷爷当年参加过抗美援朝，从战场回到国内不久，便随队伍来到了许家洞。经过邓玉珍的一番描述，他印象里很模糊的爷爷突然变得清晰起来。

采访中，邓玉珍给我的第二个印象——她是一个普通却又不平凡的女子。

邓玉珍是一个嫁到七一一矿的广西女子。来到许家洞的第二天，居委会的人就找上门跟她说："看了你的介绍信。你是团员。"

"我读初中时入了团。"那一刻，邓玉珍搞不清是怎么回事，赶紧补充了一句，"如果介绍信造了假，我遭天打五雷轰。"

"别紧张。我们想请你出来工作的。"

"工作？我还能工作……"她觉得很奇怪，刹那间也有了几分期待。

这位没见过什么世面，性格却有点儿倔强的女子，很快成了矿区居委会的一位团支书。居委会很快放下心来，因为邓玉珍不但能说会道，有胆有识，而且组织能力也不一般。她做团支书才几天，就摸清了矿里有多少年轻家属，有多少团员，这其中又有多少劳动力。"家属不能吃白食！"这句当时让七一一矿人震撼的话，就是从邓玉珍的嘴里说出来的。后来，这句话成了她的口头禅，也成了这位团支书的工作目标。她想把家属们组织起来，上山开荒种菜，除了让家属们自食其力，还能解决矿里吃菜难的问题。那些日子，她天天都上门做思想工作，劝说家属们走出家门，参加生产劳动。有些家属认为她是一个"来者不善"的人物，不让她进门。邓玉珍就站在门外做宣传工作，故意吊高嗓子，人家说她是在"喊广播"。如今，邓玉珍回忆说："哪个家属不好面子呢？听到我说个不停，她们只好把门打开了。我坐到她们家，没完没了地说，一直做工作，直到她们愿意出家门了，我才抬屁股走人。要不然，我就一直坐在她们家，哪怕她们吃饭，我也坐在一侧。但我不会吃她们的饭。那时候工友家属都很穷。让家属出门，不就是找点儿事做？就算她们说要睡觉，我也说，我又不会抢你家床睡，我搬个凳子坐在床边说话。"就是她这个性格，让她终于做通了绝大多数家属的工作。矿嫂们组织起来后，也就有了一场"向荒山要菜"的生产竞赛。这不仅保障了矿里食堂吃菜的需求，也让矿嫂们有了一笔收入。邓玉珍深有感触地说："我们矿嫂，不能成为矿里的负担！"

当时，单职工家庭的孩子不能上矿里的幼儿园。

居委会也犯愁，没办法为单职工家庭的孩子解决这个问题。这时，邓玉珍站了出来，响亮地说："这些孩子我来教！"当天，她就将这些孩子分为四个片区，一个片区的孩子每隔两天上半天课。没有教室，她就把孩子们集中在大树下。她教孩子们唱歌、跳舞、背诗词。有个家长记得，那时邓玉珍最喜欢跟孩子们讲他们的爸爸、妈妈们的故事。

有一年儿童节，矿俱乐部准备举办儿童表演活动，参加活动的儿童都来自正规幼儿园，这意味着邓玉珍带的儿童不能参加这次活动。邓玉珍听到消息，就跑到矿俱乐部跟领导说："又不是这些孩子不肯上幼儿园。他们不符合你们定的条件，但这些孩子，跟幼儿园的孩子一样，也应该有资格参加六一活动。六一是每个孩子的节日，不单单是幼儿园孩子的节日，他们在这一天是平等的。"她几乎把领导全找了一遍，六一这天晚上，"大树下露天幼儿班"的小朋友也登台表演了好几个节目，矿俱乐部也有了一个非常热闹的夜晚。

也就在这一天，邓玉珍又说出了一句至今仍让人津津乐道的话："不管谁生的孩子，都是七一一矿的孩子！"这句话是她站在舞台上响亮地说出来的，当即赢得了满堂喝彩和热烈的掌声，有些家长还流下了热泪。

那些日子，早上与黄昏，邓玉珍忙着菜地里的活儿，白天则用来教孩子。但她很快发现，仅仅种几块菜土，仍不能解决家属们生活困难的问题。她琢磨了一些日子，便向居委会提出："我们可以开一个理发店！"邓玉珍怎么会想到开理发店呢？原来，她的父亲和爷爷都是老家有名的理发师傅。她看到长辈们凭一把剃刀能养家糊口，便想到矿里的家属们一旦学会了理发，也就有了新的奔头，何况七一一矿这里的工友还真不少。她的这个提议当即得到了居委会的支持。

这年是 1965 年。

邓玉珍成了这家理发店的第一个师傅，此后，她再也没放下剃刀。

她的手艺，很快受到人们的欢迎。有些人宁愿废号，也要改日再来找邓玉珍理发。

我后来听一个老工友介绍，邓玉珍给人理发，用手，也用心。当时，她是店里第一个戴口罩给人剃胡子的人。问及此事，她跟我解释："剃胡子，必须靠近一点儿，喘出去的口气，一旦让顾客闻到了，一定会有不舒服的感觉。"又有一次，一位老者进来理发，但理发师听不懂他说的话。邓玉珍走过来，认真听了几句，便问："要剪个小平头？"并且用手指了指一位正在剪小平头的客人，看到老者点了点头，邓玉珍才笑了。这时，邓玉珍明白了，七一一矿的工友来自五湖四海，南腔北调，很容易造成交流困难，于是邓玉珍开始学习方言。下班后，她找到不同地区的工友当师傅，跟他们学习地方语言。如今，她仍会讲四川话、广东话、客家话、壮语和郴州话等。当地有听不明白的话，人们就会说："找玉珍姐'翻译'吧。"

邓玉珍最有口碑的一件事，却不是她剪发如何厉害，在工友和矿嫂眼里，邓玉珍还有一个很特别的"爱好"：管闲事。而且，这"闲事"被她管得让人心服口服。

有一天，一个矿嫂来店里剪头发。邓玉珍无意间发现她的手臂上有一处瘀青，便问起缘由来。矿嫂长叹一声，说自己昨晚跟丈夫吵了一架。邓玉珍帮矿嫂剪好头发，便攥着她的手，要带她去找她的丈夫说理。矿嫂有点儿犹豫。邓玉珍说："别怕，有你邓大姐撑腰，他不敢欺负你。"见到这个矿嫂的丈夫时，邓玉珍开口就嚷："你有本事，你去打日本鬼子。七一一矿还有一个敢打老婆的男人？"接着，邓玉珍讲了一番道理，看到他跟老婆赔礼道歉后，邓玉珍才离去。

又有一次，她听到一户人家吵架，直接推门闯了进去……

后来，矿嫂们都夸邓玉珍是矿里最好的一位"妇女主任"，理发店则成了这些女人心中的娘家。有趣的是，矿里没哪个男人说邓玉珍半个不是。有一个挨过她批评的工友跟我说："她懂女人，也懂男人。面对面时，她一定会护着她的姐妹；背靠背时，她又会嗔怪姐妹，怎么就不能理解和宽容一下老公？他们下井，多么不易，除了耗去力气，说不定随时会受伤，甚至牺牲。如果让男人有一个好心情下井，他们会更顾及自己的安全，这话任何一个矿嫂听了，哪会不受启发和教育呢？"又有一李姓老工友跟我讲道："我有一次跟老婆吵架了。她跑到邓大姐那告状。结果，邓大姐把早上买的一只猪耳朵递给我老婆，说："回去给你老公做一道下酒菜。"原来，邓大姐知道，我只要一端酒杯，满脸就是笑，哪怕给老婆当凳子坐也乐意，这时候交流起来也痛快了许多。"

邓玉珍就是这样一个好心眼儿的女子。

时至今日，矿里女人生了孩子，也一定会请邓玉珍去剃胎毛。她说，这些年她给几千个婴孩剃过胎毛。

采访的这天，我遇到一个第二天就要做新郎的青年男子来找邓玉珍剪头发。这个准新郎跟邓玉珍说："阿姨，我父亲结婚时，也是找你剪头发的。"

"是吧。到时候你儿子长大了，结婚时也来这剪头发。一定让你们一代代人都是好运当头，幸福美满。"

看看，邓玉珍这话说得多好呀。

问到怎么会想找邓玉珍剃胎毛和剪新郎头发呢？得到的回答几乎都一样："谁不想找个好师傅呢？"这一"好"字可能有多种理解，但皆是一种赞美。

邓玉珍也告诉我，至今仍有很多老工友会上门找她剪头发。女的四块，男的五块，因为男人还要剃胡须。

我一笑："太便宜了吧。"

"还不是找我叙叙旧？即便这里变成了时光小镇，在我的眼里，它仍是我们的七一一矿。"

邓玉珍有了一番感慨。

我则有了更多感动。因为她的儿子龙郴湘跟我说，他老娘现在还有好几块菜地，除了打理理发店，她还种菜。种的菜，她就拣好的送给老工友。

谈及种菜一事时，邓玉珍一笑："我一辈子就是两个'手艺'，一是剪头，一是种菜。"

其实，在我眼里，邓玉珍最成功的"手艺"，就是做人。要不然，一个普通的女理发师怎么被工友们当成七一一矿的女子形象代表呢？所以，时光小镇一开办，便把她请回了理发店……

这里有父老乡亲

　　秋日，我来到桂林八里街，走进广西壮族自治区三一〇核地质大队的院子，采访在20世纪50年代参加过金银寨勘探工作的邝孔圣、罗南凯几位老勘探员。三一〇核地质大队的前身，即中华人民共和国地质部三〇九队十

　　1965年4月，三〇九队十分队转战桂北。图为广西资源白毛冲（王瑾文供图）

分队。

聊及许家洞时，罗南凯侧头往门外看了看，然后感叹道："那地方的老百姓真好！"

接着，我听到一个当地百姓救治勘探员的故事。

那天一大早，一位姓李、人称"高个李"的勘探员上山了，与他同行的还有两位同事。这已经是"高个李"连续第二十三天上山执行勘探任务了。

"高个李"走在最前面，"打前锋"早就成了他的习惯。

同事嚷道："你长着一双铁打的腿吧，怎么都不累？"

当然，"高个李"的腿也不是铁打的。

就在这时，同事听到"高个李""哎哟"叫了一声，只见他身子一蹲，双手抱住小腿。同事赶紧冲到"高个李"跟前，问："怎么啦？"

"我被蛇咬了。"

同事一看，"高个李"的左小腿已经在流血了。

正在山坡上割茅草的一位四十几岁的老乡闻讯跑了过来。他一看，就说："金环蛇咬的！"

这是剧毒蛇！

"那、那赶快下山找医生。"同事急了。

老乡没搭理"高个李"的同事，而是跪到"高个李"跟前，扯下腰带，捆在伤口上端，然后把嘴贴到"高个李"腿上，吸出一口毒血，吐掉后，又吸一口，再吐一口……

等到毒血被吸得差不多时，老乡看了看旁边，接着起身冲到山坡下扯了一把草，塞在自己嘴里嚼了嚼，再把它吐出来敷在"高个李"的伤口上。

很快，"高个李"感觉好多了。他的同事也长出了一口气，急忙向老乡道谢，并问他是不是"蛇医"。老乡解释说："我不是郎中。这地方蛇多，村里人都懂点儿治蛇伤的法子。"接着，他提醒他们："被蛇咬了，你就赶紧喊。周边的老乡听到了，就会马上赶过来的。"

还真是这么一回事。后来，有勘探员被蛇咬了，他们一喊话，果然很快就有老乡跑来帮忙。

还有两件事让老勘探员们难以忘记。当时，一位七十多的老人特意教他们辨认七叶一枝花等草药和处理蛇伤的方法。平时，村里放牛的孩子，会拿着竹竿走在前面帮勘探员"赶蛇"。

七一一建矿以后，也有许多至今仍让人津津乐道的事情。

我曾经听过这么一件事，矿区当时需要扩大开采面积，不但要征用周边村子的土地，还要动员村民搬迁。

罗太林一家也成了动员对象。他们住的祖屋盖于清朝，属于村里的"豪宅"。罗家祖屋为两进三开间，面阔14米，进深20米，占地面积280平方米，系砖木结构的湘南民居，即青砖墙、木框架、木楼板、小青瓦，屋顶为硬山式，飞檐翘角，由门楼、正厅、厢房组成。这幢拥有大院的祖屋有两层楼，共有大小房间20多间。当时，罗太林全家四世同堂，一共住着50多人。

接到政府要求罗家搬离祖宅、投亲靠友的通知时，罗太林的父母一时愣住了。因为他们刚刚给儿子罗太林说了一门婚事。没有了婚房，说不定这门婚事就吹了。他们一时举棋不定：要不结婚后再搬，要不让政府帮盖几间屋子。

这是一件得慎之又慎的事情。

经过一个晚上的思想斗争，第二天，罗太林的父母想通了：不能拖国家办大事的后腿。他们托做媒的亲戚去女方家跑一趟，主动把这事挑明，如果嫁到罗家，家里怕是难以备好一间洞房。

不久，罗太林全家就搬到了王家组，借当地村民王学章家的房子住了下来。

罗太林要结婚了。洞房怎么办？

父母让罗太林拿主意。罗太林摸摸脑袋，只得自己去找对象商量。这时，他的心里忐忑不安，人家一个大姑娘嫁过来，连一间房子也没有，娘家人会怎么想呢？结果，他当天跑回家里兴冲冲地宣布："就借王家房子当洞房。"

后来，罗太林经常说："我跟老婆结婚，还是借了一间'洞房'。我一辈子为这事都得谢谢我老婆。她通情达理，连眉头都没皱一下，就说'你说了算'。"那场婚礼，看似简单，却也隆重。新人合唱《东方红》后，对着屋子正中悬挂着的毛主席画像，鞠躬行礼。罗太林的老婆记得：当时也没摆婚宴，她和新郎一人吃了一碗鸡蛋面就算结婚了。

如今，面对已经一把年纪的老婆，罗太林在结婚这件事上仍觉得很愧疚。而他的老婆，这个农村普通女子却说了一句很浪漫的话："整个矿区都是我的洞房。"有人问她，当时知道罗家没房子，怎么还愿意跟罗太林走进借来的洞房，她给了一个非常响亮的回答："当时没洞房，不是丢脸，那是一种光彩！"

一次偶然的机会，我遇到了邓志宏。

这位年过花甲的许家洞村民回忆说："当年，轰动整个许家洞的一件事，就是我们公社有了第一台大卡车。这辆解放牌，是七一一矿送给我们的礼物……"

七一一矿怎么会送公社一辆大卡车呢？

那是1976年的一个冬天。

当时邓志宏所在的村，叫作许家洞人民公社早禾田大队。这天，大队民兵营接到通知：紧急集合。邓志宏立刻跑到了集合地点——晒谷坪。民兵营营长宣布："从明天开始，我们全体民兵开赴战备公路修建工地。"

听说是参与这样一项光荣的工作，民兵们当即把胸脯一挺，异口同声地说："保证完成任务！"

第二天一大早，早禾田大队抽调的民兵迅速抵达工地。整个公社出动了2000多名民兵，全是青壮年。

当时，日渐寒冷。

邓志宏说："早上打霜，水田里也结了一层冰。我穿着一件薄薄的棉袄上工地。很快，棉袄被我脱掉了。第一天上工地，民兵营之间就搞起劳动竞赛来了，看哪个大队民兵营挖的土方最多、挑的泥土担数最多。那天中午，吃中饭我只用了几分钟，省下的时间，我又多担了几担泥土。"

工地上有好几只大喇叭，喇叭里不时播出表扬稿，第一个受到表扬的就是早禾田大队民兵营。顿时，早禾田大队民兵营爆发出欢呼声。最兴奋的当然要数邓志宏，因为表扬稿中还点了他的名字。

看到另一个大队民兵营的进度突然加速，早禾田大队民兵营营长当即问道："民兵同志们，我们已经起过誓了，一定要夺取本周竞赛红旗。我们说话算数。所以，今晚再干三个小时，大伙有没有意见？"

"没有。"

下雪了。

民兵们不再用扁担挑土，索性用双手拎起装满泥土的土筐就跑。邓志宏说："这么做，省了用扁担，双手拎土，撒腿就跑，速度也就快了许多；另一个好处，当时天气很冷，拎土奔跑，还可御寒哩。"

工地上，几支铁姑娘队伍格外抢眼。

邓志宏说："别小看女民兵呐。第一个跟我们下'挑战书'就是她们！她们干活时，最喜欢唱战歌。我们猜，唱歌说不定能增强干劲。后来，工地上赛歌也赛劳动量！我这辈子最难忘的，就是修这条战备公路时热火朝天的劳动场景。"

看到许家洞人民公社的民兵干劲冲天，工程进度突飞猛进，战备公路指挥部非常感动。为表示感谢，他们不但决定送给许家洞人民公社一辆解放牌大卡车，而且派出七一一矿文艺宣传队前来进行慰问演出，《支农路上》《各族人民跟党走》等节目受到民兵们的一致好评，引起一阵阵热烈的掌声……

还有一个让人唏嘘不已又被人津津乐道的故事。

20 世纪 60 年代初。夏季。这天中午，许家洞一个叫罗太隐的农民，正蹲在七一一矿家属区的马路一侧。他身边有一担上午才从地里摘下来的西瓜。他把一筐西瓜摆在跟前，大声叫卖着："卖西瓜啦。四分钱一斤，一斤四分钱，不甜不要钱。"

很快，他跟前这筐西瓜卖完了。这时，来了两个矿嫂。她俩刚吃过邻居从罗太隐摊上买回去的西瓜，觉得非常甜，便一块来到罗太隐摊前买瓜。

罗太隐说："卖完了。"

两矿嫂指着他身后的另一筐西瓜，说："不是还有一筐瓜吗？"

"我要送人。"

矿嫂愕然，奇怪地问："我们矿里眼下的口粮都要搭一半杂粮，还吃不饱。你们农村的日子怕是更困难。这西瓜不卖掉换点儿油盐，还把它送人？"

罗太隐脱口而出："哪怕我们家饿上几天，这瓜也要送人。"矿嫂还没跟他打听这其中的缘故，罗太隐就向她们打听："你晓得谁是陈孝瑜师傅吧？"

"没听说过。"矿嫂摇摇头。

罗太隐有点失望，但他不死心，起身背着那筐西瓜走进家属区，一幢屋子一幢屋子地打听。终于，一个刚下班的工友把他带到了陈孝瑜的屋前。罗太隐敲响陈孝瑜的家门时，已经是傍晚六点多钟。陈孝瑜听说这个从没见过面的村民要把西瓜送给他，有点儿困惑地问：

"老乡，你弄错了吧？"

"你就是那个发明沼气灯的陈孝瑜师傅吧？"罗太隐问道。

陈孝瑜点点头。

罗太隐激动地说："那我就没找错人。陈师傅，太谢谢你了。你发明了沼气灯，农村人也不用再点煤油灯了。我们很感谢你呀。"

陈孝瑜这才明白是怎么回事，但他仍坚持着把钱付给了罗太隐。这时，陈孝瑜的妻子从米缸里舀出两斤大米，又找出几件孩子穿过的衣服，一块送给了罗太隐。

　　罗太隐的双眼忽地冒出泪水，他激动地说："这瓜钱陈师傅硬是要给我，我就收下了，可这大米眼前比金子还珍贵，我、我怎么敢收？"

　　在陈孝瑜和其妻子的再三劝说下，罗太隐才把大米带了回去。

　　当晚，陈孝瑜把西瓜送给了左邻右舍。

　　就是这样一件小事，罗太隐永远地记住了陈孝瑜的名字。陈孝瑜去世后，罗太隐每年清明都会上山给陈孝瑜的坟铲土，并磕头祭拜。他对儿女说："陈师傅是好人。他看得起我们农民，在最困难的年代，他帮了我们，我们罗家子孙要世世代代记住他。"几十年过去了，陈家后人去给陈孝瑜扫墓，都能遇上罗太隐的儿女，他们早已成了没有血缘关系的亲人……

　　在我的采访中，矿里一位叫张百钊的老工友说："这几十年，七一一矿没少得到老乡们的呵护。当年挖防空洞，他们不拿工钱，也会参加劳动。白天耕田种土，晚上就钻进防空洞与我们肩并肩挖土。"

　　张百钊说："七一一，它有另一个名字，叫许家洞。"
邓志宏却说："我们许家洞，也叫七一一。"

义务讲解员

在如今的时光小镇，被游客们评为最耀眼的一幢建筑，就是"七一一矿工业文化实践教学基地"，它还有一个很通俗的昵称：展馆。

这座展馆，建筑面积达到 2400 平方米。

它是一座新展馆，是在原有展馆上扩建而成的。人们喜欢把原有的那座展馆称为"旧馆"。旧馆面积只有 100 多平方米，这意味着新馆的面积比旧馆足足大了二十几倍。

还有一件事：2023 年将旧馆拆掉之后，仅花九个月的时间，在人们眼前就诞生了一座壮观的新馆。

很多人是这场精彩嬗变的推手和参与者。但这个变迁，却与一位"矿二代"有着千丝万缕的关系，这位"矿二代"是一个女子，叫谭晓云。

谭晓云很漂亮，虽然她平时并不太注重打扮，但"天生丽质难自弃"。她父亲的原名叫谭旭明，读书时，老师很喜欢这个学生。谭旭明不但长得帅气，成绩也好，老师认定将来他会大有前途，老师便将他的名字改为谭英俊。谭英俊生出一个如花似玉的女儿是理所当然的，这是当年工友们的一个说法。

2019 年，七一一矿建了一座讲述矿史、陈列旧物的小展馆。这真是一座名符其实的小展馆。但领导仍是很郑重地挑选讲解员。在会上，有了一个一致推选的对象：谭晓云。

谭晓云能做小展馆的讲解员，不仅仅是因为即便已跟青春作了告别，她却依然有窈窕淑女的气质。作为决策者之一，华湘社区管理委员会主任王建民说，选她做讲解员，是看到了她的内才，而且表达能力强。谭晓云身上有一种"矿二代"与生俱来的事业心。

谭晓云后来得到"端庄""秀外慧中""口齿伶俐""感情丰富"等评语，也是有其缘故的。

得知自己要做讲解员时，谭晓云都蒙了，讲解员，这是一个与她原本的工作完全不搭边的工作啊！

"我、我怎么能做讲解员呢？"谭晓云问社区管委会主任王建民，她也是这么问自己的。毕竟，之前她从没有接触过讲解工作。

王建民却反问她："你怎么不能做讲解员呢？"

谭晓云虽从王建民那儿获得了一份信任，但她仍在犹豫："我今年四十好几了，社区都知道我的个性，内向，跟你们领导说三句话，两句会结巴。我这口才也当不了讲解员。"

"你愿意做讲解员，这些问题都成不了问题。凭着你刚才说这番话的风格去做讲解员，一定会成功！"

谭晓云听了这话就没再说做声。本来，她就是一个在工作中讲服从、不讲条件的人。

任务接下后，她当即认真地准备起来。她明白，做个讲解员，最要紧就是解决好"如何讲解"这个问题。她先让自己认认真真过"三关"：

第一关，她跟《新闻联播》的播音员学习普通话。哪怕上班时，有一点点空闲时间，她也会拿起手机打开"央视频"，播放《新闻联播》。中午，她待在办公室也不休息，继续听新闻。她担心影响同事休息，便戴上了耳机。结果，有同事跟她说："整个中午，都在听你播新闻！"原来，她通过耳机听新闻时，身入其境，不由自主地跟随播音员播新闻。

第二关，谭晓云对着镜子对口型，练表情。

她曾经因此调侃道："我一辈子都没照过这么多镜子。很多同事以前都说，谭晓云你像个男孩。"此一时，彼一时，终究都是为了工作。她也有了一个体会，一个讲解员的表情能调动游客的情绪。就凭谭晓云这个感悟，即可看到她身上那股对事业的专注。

第三关，学会打手势。谭晓云除了反反复复看自己喜欢的央视主持人的节目外，又特意上其他地方的展馆现场观摩讲解员如何打手势。

接着，她跑到长沙向核工业湖南矿冶局张荣国处长拜师学艺。张处长是一位非常有情怀的人。他不仅热心指导谭晓云讲解方法，还为新旧展馆的布展以及完善解说词贡献了不少力量，付出不少心血。能拥有这么一位指导老师，谭晓云受益颇多。

小展馆终于开馆了。

谭晓云正式走上了讲解员的工作岗位。她做足了准备，第一次讲解也很专注。但到了第二场讲解时，一听到有重要客人前来观展，她就紧张起来。讲解时，她竟然说出了金银寨上有狮子，甚至把展品的名字和年份也弄错了。

不过，这也是她第一次获得感动的时刻。

她说："哪怕我讲错了，游客们也很淡定，社区领导并没因此批评我。或许，他们已经知道我就是一个义务讲解员。"

但谭晓云并没有用"义务"这一特定身份来原谅自己。她说："讲解员就是讲解员，不能用'义务'两字来削弱自己的责任。"

她就是这么去做的。

很快，她因为讲解出色受邀到北京领奖。在第二届"追寻先烈足迹"短视频征集展示活动中，她获得了网络人气优秀作品奖。一位评委称，这位讲解员表现得十分专业。

"义务"身份，这一刻成了一个"专业"的符号。

很多游客走进展馆时，即便觉得空间小，但仍然认为展陈设计合理，体系清晰，内容丰富，每一项陈列都是一种精神与力量的讲述。谭晓云没把自己仅仅当作一名讲解员。她在接受讲解员工作时，便主动献计献策，贡献了不少金点子。正是由于她参与了规划、布局等整个流程，才让她找到了更好的讲解状态。很快，展馆呈现了"英明决策""历史沿革""艰苦创业""科技创新"等八大板块。

谭晓云提出一个新观点："这座展馆不是简单讲述七一一矿的故事，它应该是'两弹一星'精神的重要组成部分。"于是，展馆内特意设置了板块"'两弹一星'精神永远放光芒"。中核集团一位领导在参观展馆时，特意指出："有了这个'永远放光芒'的板块，小展馆就不小了，它抬升了层次，有了一种不俗的新境界。"

"小展馆，大格局"，正是这座展馆的特色，也是谭晓云在讲解中追求的一种效果。

她说："先辈们不怕牺牲、献身祖国铀矿事业的英雄事迹可歌可泣。我要用自己的讲解，让先辈们的精神继续激励今天的我们。"

这当然不是仅凭几句解说词就能做到的。

怎么实现这个目标呢?

谭晓云说:"必须让每一张照片、每一件实物、每一段文字背后的故事真正感动我。我要找到这一个个触点。唯有我被感动了,参观者才可能被感动。在参观者眼中,我就是那张活着的照片、活着的实物、活着的文字。"

真正的感动哪会那么容易获得呢?谭晓云找到了一条被证明行之有效的路径,即多跟老工友交流,听老工友讲述当年的创业故事。她说:"他们的讲述很朴实。这种朴实却无比真实。我因此深受震撼。这一次次很震撼的感受,让我积蓄了充沛的感情。如此,这些感情成为我讲解时的语气和节奏。"

在走访中,谭晓云特意收集和整理了上百个小故事。

"小故事,大情怀。"

这是谭晓云的又一个感悟。

前来参观展馆的一位领导参观完后,紧紧握着谭晓云的手,很激动地说:"谢谢你!这是三四年间,听到的最能让我热血沸腾的一场讲解。先辈们的形象、精神以及行为,都在你的讲解中鲜活和饱满起来了。"

一位游客说:"听完讲解,我有一种身临其境的感觉,仿佛自己即是这个英雄群体中的一员。"

苏仙区党校的周老师听了谭晓云的讲解后,当即跟她说:"谢谢你。我找到了在课堂上讲党课的感觉。"之后,苏仙区党校推出了一堂题为"敢叫日月换新天"的党课，其内容就是讲述七一一矿的创业故事。它也是如今受到热捧的新思政课《不朽的功勋——从金银寨到金银滩》的脚本。

谭晓云尤其喜欢讲一个"共同籍贯"的故事，这个故事也让众多游客深受感动。当年，在金银寨"战天斗地"的英雄来自四面八方，金银寨也就成了一个"南腔北调"的小世界。尽管他们来自的不同的地区，语言不同，习俗不同，甚至表达的方式也不同，但为了一个的共同使命，他们有了一个共同的籍贯：七一一。

这是一个令人引以为傲的籍贯。

谭晓云说："不管是后来的'矿二代'，还是如今的'矿三代'，他们都为自己拥有七一一籍贯而自豪。"

很多游客曾经说，谭晓云的讲解之所以能打动人，是因为她的解说词中的很多句子让人感动。

"一火车鸡蛋换不回一只很小的探矿仪器。"谭晓云的这句解说词，道出了当年创业之艰难。但那时立下的目标，创业者们都一一实现了。谭晓云知道，这一切是多么来之不易，父辈们的付出，早就触动了她的灵魂。她说："七一一，没有神话，只有奇迹。这种奇迹是用生命换来的，用精神和汗水换来的。"

"把裤子脱下当掉，也要造出原子弹来！"谭晓云称，这是当年陈毅元帅说的一句话。每一次讲解临近结束时，谭晓云都会把陈毅元帅说这句话的背景介绍一遍，也让游客们从当年的"英明决策"中感受到中华民族的伟大气魄。

在每一次讲解结束前，谭晓云都会把那句发自肺腑的话讲一遍："原子弹肯定不是光着屁股造出来的，但我们七一一铀矿就是光着屁股挖出来的。"

"小句子，大内涵。"

"谭姐所讲的每一句话，都给人一股力量！"郴州市一完小李老师听了谭晓云的讲解，便有了这么一个体会。那天，她带着自己学生来展馆开展研学活动。李老师说："孩子们在听了谭姐的讲解后，都非常受教育。他们明白，一个人要为民族、为国家奋斗，不仅需要知识，还需要信仰的力量！"听到这番话，谭晓云的脸上露出了欣慰的笑容。她很谦虚地说："讲得不好，我就是一个义务讲解员！"

王建民主任说："谭晓云用她一次又一次饱含感情的讲解，让往昔的英雄重新回到我们身边。几十年过去了，他们仍是那么鲜活，那么亲切，好像时至今日还与我们战斗、生活在一块儿。因此，这座小小展馆越来越受到重视。甚至有了更激动人心的想法——让小展馆变成大展馆，因为它不仅仅是工业文化的一个符号，更是民族精神的'标本'，它是激励当今的我们奋发图强的力量源泉。"

于是，在小展馆的基础上，诞生了一座新展馆，即七一一矿工业文化实践教学基地。它共有两层，其中一层展陈面积约 1400 平方米，设有一个 1200 平方米的传统展陈区，以及两个沉浸式体验厅。展陈内容包括序厅、"中央统帅搞核武"、"功勋铀矿筑基石"、"核护初跨时空"、"功载千秋七一一"和尾厅六个部分，围绕七一一铀矿的历史、人物、事件、实物等主题，以虚实结合沉浸式展演的方式开展研学教育。

这座新展馆一亮相，就立刻成为一个网红打卡点。

新展馆的"万人名寻"展示墙尤为受欢迎。当年那些默默无闻的英雄，如今用他们的名字讲述着那段创业史。

谭晓云就是设立"万人名寻"的建议者。

她说："它是一座用英雄名字塑成的丰碑！"

如今，新展馆里已经有了专职讲解员，但谭晓云仍会不时走进新展馆。很多慕名而来的游客指名道姓要她讲解，她也成了专职讲解员的"义务讲师"。

她说："我就是一个履行义务的'矿二代'。这几年义务讲解，最受教育的其实是我。我的讲解，也让我重塑了理念，重塑了精神，重塑了灵魂。我要为讲述七一一矿先辈们'为有牺牲多壮志、敢叫日月换新天'的故事，让他们的精神得以传承，继续做出自己的努力和贡献。"

因此，谭晓云又有了一个新目标：她正在创作《熊奶奶，从墙上走下来》等七一一矿题材的系列短剧。

多彩花絮

在过道上听钱三强和吴有训讲课

七一一老矿部大楼一楼楼梯前的过道墙上，挂着一幅珍贵的历史照片，这张照片就是拍于这条过道上。照片中，著名科学家钱三强正在给七一一矿的技术人员与管理人员授课。

这是 1961 年 10 月。

时任二机部副部长兼中国原子能研究所所长的钱三强和中科院副院长吴有训，来到七一一矿作技术指导。当时，矿里的领导向钱三强转达了矿里技术员的一个迫切愿望：希望能听钱三强讲一堂课。

钱三强笑道："我总不至于甩甩手，就回北京吧。来一趟七一一矿，还得要留一点儿东西给大家。"

矿领导喜出望外。

但紧接着，矿领导为难起来。当时，矿里条件艰苦，既没礼堂，也没像样的会议室，这堂课又有"涉密"内容，哪怕阳光灿烂，也不宜在室外进行。

钱三强笑道："别再找地方了。刚才我上楼时，那楼梯前的过道还挺开阔的。"

"在过、过道上讲课？"

钱三强幽默地说："我想，没有比这更好的选择。"

第二天，钱三强在矿部大楼一楼过道上正式开讲。上午八时，钱三强走进矿部大楼一看，大吃一惊："来了这么多人？"原来，钱三强讲课的消息在内部一传开，全矿就有两百多名技术员和中层以上干部报名要求参加。钱三强兴奋地说："呵呵，看来我今天要认认真真掏一点儿'真货'，要不然对不起大家这份热情。"钱三强的这堂课讲得通俗易懂，也很风趣。他用数学矢量的概念比喻"红"与"专"的关系：矢量中的箭头为前进方向，代表"红"；箭头长度为专业水平，长度越长，表示专业水平越高。他说，中国的科技工作者，必须要有爱国、敬业、奉献的精神。最后，他发出倡议：我们七一一矿人以及其他的人一定要坚定自力更生造"争气弹"的决心。

当天，吴有训也在过道上讲授了原子能专业知识。

在这条过道上，两位大师与七一一矿的技术人员与管理人员相聚一堂，可算是一次独特的讲座。

不需要警卫的宋任穷

"我不需要警卫。来到许家洞，我每天跟工人同志相处在一起，哪儿还会有什么危险？我们的工人阶级最优秀，也最可靠。"

1956年6月，宋任穷来到七一一矿。矿里要为他安排警卫，听说这事，他一口拒绝。这时，宋任穷任第三机械工业部（后改为第二机械工业部）部长，是新中国原子能事业大规模建设时期的主要领导者，主管原子弹的研制工作。

他看到矿领导在给他安排保卫这件事上仍在纠结，便说了几句"重话"："给我配警卫，就是让我同工人拉开距离。这事搞不得！"

宋任穷在许家洞火车站下车后，立刻爬上了金银寨。他说："先睹为快。这是一个很神秘，却也是大名鼎鼎的地方。"

已近黄昏，矿领导对宋任穷说："宋部长，我们回招待所吧。在山下安排好了房间。"

"下什么山呢？我就住在金银寨。"宋任穷说道。

矿领导忙说："山上没有招待所。"

"我看到了有帐篷。工人们睡帐篷，我也睡帐篷。"

在金银寨调研期间，宋任穷一直睡在帐篷里，甚至，他拒绝为他单独安排帐篷。他很风趣地说："我相信，我的呼噜声小，不会影响工人们的休息。"

同时，他也谢绝了车辆安排。

他说："我要边走边看，边走边听，边走边了解，才知道我该帮你们解决什么问题。"

接连几天，他每到一处，都跟工友促膝谈心。他说："这地方要搞成功，还得靠工友们发挥聪明才智。"

当时，本来要抽去给宋任穷当警卫的袁东成回忆说，吃饭的时候，宋任穷也是自己带着一个碗到食堂和工人一起排长队买饭吃。矿里这时有两三千名职工吃饭，只有一个简陋的食堂，吃一餐饭要排二三十分钟的队。其实矿里另有一个小灶，即苏联专家食堂。矿领导曾经跟宋任穷提了建议，让他上小灶吃饭。宋任穷笑道："我不是专家，更不是苏联专家。在大食堂吃饭，我吃得舒畅些。"

袁东成说："宋部长没点儿官架子，像我们一个单位的工友。他鼓励大家以苦为乐、忘我工作。在他的眼里，我们七一一矿的工人是新中国建设的主力军，都是最可爱的人。"

亲密"伴侣"是"小洋镐"

1965 年 7 月，李德甫在中南矿治学院拿到了毕业证。

很快，他被分配到七一一矿工作，在二工区担任采矿技术员。

没多久，他获得了"小洋镐"的昵称。

当时，矿里找矿的专业仪器和工具很少。得知这个情况后，李德甫并没有觉得失落。他说："要是那么容易把矿找到，我李德甫也不会来到七一一矿。"这时候，他已经有了很强的使命感。

这天，李德甫走进食堂排队买饭，跟在他后面的一个工友问道："李技术员，来食堂吃饭你手上怎么还抓着一把小洋镐？"

李德甫愣了一下，笑道："习惯了。"

在很多工友的印象中，小洋镐早就成了与李德甫时刻相随的"伴侣"。每天，他带着这把小洋镐下井，不时挖挖，再拿起石头仔细看看，或者将它们带回检测室。他一门心思，想尽快找到优质矿源。

这天，是一个休息日。

有个熟人想找李德甫一块进城看电影，但在集体宿舍没看到他的影子。同宿舍的工友看了看李德甫的床，就跟这人说："他上山了。"

"你怎么知道他上了山？"

"小洋镐没放在床边。"

这熟人感慨道："这个家伙，逼得'小洋镐'也没法休息。"

后来，"小洋镐"成了李德甫的绰号。一说"小洋镐"，工友们就知道是指李德甫。

这件事被周恩来总理知道了。

1970年1月2日。李德甫来到北京京西宾馆，参加全国学习积极分子代表大会。在受到周恩来、李先念、栗裕等党和国家领导人亲切接见后，李德甫又接到通知，请他前往小会议室，与核工业战线的部分代表一起，接受周恩来总理的接见。这当然是一次很特殊也很重要的活动。周恩来握着他的手说："你就是'洋镐找矿'技术员李德甫同志啊。"

"报告总理，我就是李德甫！"

"中国一穷二白，这不怕。我们靠着一把小洋镐，不是也把七一一矿建成了吗？"

李德甫很感动：一方面，他没想到日理万机的总理竟然也知道自己的工作；另一方面，他受到极大鼓励，要继续为中国铀矿做贡献。

"对手"与帮手

三〇九队十分队创建初期，来了两个非常厉害的修车师傅。一个叫李子如，他是中南军区汽车专业修理工。另一个叫陆荣荣，原来在上海十六铺码头装卸运输公司工作，负责汽车和设备保养与维护。在中南军区工作时，李子如就被人们称为"神耳"，凭听声音，他便能知道汽车哪个地方出了毛病。陆荣荣则被运输公司同行称为"师傅头"，他尤其会利用杂牌零件进行汽车修配。

李子如和陆荣荣差不多同时抵达许家洞。他们相继被抽调到这里，缘于当时许家洞接收了很多牌子各式各样的车，这些车在简易道路上跑个不停，很快有不少车"趴窝"了。得知这一情况，俩人表示：一定要多修车、修好车。

于是，李子如与陆荣荣之间展开了"一对一"的汽车抢修竞赛。

李子如三天修好一台车，陆荣荣便争取两天半将一台车修好。陆荣荣修好一台日本产的车子，李子如便把一台美国产的汽车修好。

因为看到他俩一直在暗暗较劲，很快，同事们便调侃：不是"冤家"不碰头。

有工友也猜测，李子如与陆荣荣在竞赛中成了"对手"，怕是以后难以共事，毕竟"一山难容二虎"。

这天，李子如带着助手找到一台已被两位师傅修过却没修好的车子，他在车子底下忙碌了半天，也没找出问题所在。

他叫道："再给个大板手！"

一只大板手递给了他。接着，另外几样工具也逐次递到了他手上。他愣了，怎么一个刚做助手的学徒竟然不用提醒也知道要递什么工具。他稍稍移了一下身子，侧头一看，见是陆荣荣站在车旁。

原来，助手上厕所去了。陆荣荣则刚好走到了车子旁。

李子如有点儿沮丧地说："好可惜，这台车真要报废了。"

"我们一块儿再检修一遍。"

李子如仔细地进行一番"耳检"，把自己的感觉跟陆荣荣说了一遍。陆荣荣听了，若有所思地点点头，重新动手检查。很快，他发现是发动机燃烧不完全，杂质形成积碳，造成发动机抖动，引发零件损坏。李子如叹息道："毛病找到了，零件没法找。"陆荣荣说："说不定能找到替代零件。"果然，陆荣荣找来零件，稍作打磨，发动机便又响了起来。李子如高兴地说："正常了！正常了！"又跟陆荣荣说："谢谢你，陆师傅。"

"谢我干吗，我也有事求你。"

"别说求，你尽管说。"

原来，陆荣荣也遇到一台难修的车子。陆荣荣还没把话说完，李子如已经嚷道："好，我现在就跟你过去。我就不相信，我们俩一块上，天底下还会有修不好的车子。"

俩人肩并肩地朝另一台"趴窝"的车子走去……

张桂芝下井敲管道

张桂芝作为第一批进矿的"七人先遣队"成员，也是其中唯一的女技术员，抵达许家洞。

这天，张桂芝找到矿领导，说："我要到井下去。"

"下井！哟，你怎么有这个念头了呢？"矿领导感觉有点儿奇怪。

张桂芝如实说道："我来矿里工作有一段时间了，但就是没法掌握井下的第一手资料。我不能仅靠书本工作，得要吃透矿井一线的真实情况才行。下井能让我直接找到井下采矿技术革新方面的对策和方法。"

"这个思考很成熟，但你下井的条件目前还不太成熟。"

"我下井，还要有什么条件——"张桂芝非常不解。她还调侃道，"不会要准备敲锣打鼓迎接我吧。"

矿领导神秘兮兮地一笑，却没有说明原因，只是建议张桂芝等条件成熟后再下井。

张桂芝却没放弃自己的想法，也等不急了。作为一个有责任心且从不服输的女技术员，她迫切需要对地质上含矿系数和探矿网度、地下高温裂隙水的水源、铀矿安全防护等方面进行研究。而第一手资料极为重要。她当即决定自己下井。

《张桂芝下井敲管道》木刻画

这天上午，张桂芝来到了井口。

刚好从井口出来的工友李气湘看到张桂芝，便问："张技术员，你也要下井吗？"

"你们下得，我下不得？"张桂芝回了一句。

李气湘忙把手一抬，说："别下去。"

"为什么？"

"不好说，但张技术员别下井了。"

张桂芝把李气湘的手推开，钻进了井里。她当然知道，这井下很危险，即便她做好了防护准备。但当她走到深处时，很快就觉得十分尴尬了。

因为，她猛然看到一群裸身干活的工友。原来，井中涌出大量的温泉水，致使井下闷热得像一个蒸笼。工友们工作时只好脱掉衣服，不断用冷水冲洗身体，才能坚持生产。

这时，工友们也发现一位女技术员"从天而降"，顿时傻了眼。段长反应过来，当即喊道：

"快，穿衣服！"

即便遭遇这般尴尬，张桂芝也没打消继续下井的念头，于是跟工友们有了一个约定，她下井时，一路敲管道进来。工友听到管道上发出的声音，便会迅速把衣服穿上。后来，他们风趣地说道："我们是为张技术员临时穿衣。"

这临时穿衣，往往也是穿一件裤衩。

张桂芝知道，真把那套工作服穿上，工友们就没法工作了。她很感动。每次下井时，她也会主动跟工友们一块扒矿渣、推矿车，折腾得一身泥、一身汗。

"尝梨子"三招

"你要知道梨子的滋味，你就得亲口尝一尝。"毛主席说的这一句话，也成了李太英的口头禅。李太英是七一一矿的第二任矿长，解放前曾从事地下武装斗争。他曾说："我文化不高，开始当副矿长时，连平方米、立方米都看不懂。"在七一一矿工作15年后，他却成了一个有口皆碑的专家，后来被调往核工业部工作。他是怎么从一个名符其实的外行，成为一个矿冶领域的技术权威的呢？他很直爽地介绍说："毛泽东主席说的一句话启发了我。你要知道梨子的滋味，你就得亲口尝一尝。七一一矿就是一个很特殊的'梨子'，我便是通过一口一口'尝'它，才对它有了深刻的了解。"

李太英在七一一矿"尝梨子"用了三招。

他刚做矿领导，就到最基层蹲点。

那天清晨，6号坑口值班室的门被敲响，值班主任起身开门，一看来人就叫道："哟，李矿长，这么早呀。"

原来李太英上山来了。他走进值班室，把一个捆得扎实又专业的行李包放在椅子上。

值班主任奇怪地问："李矿长，你帮谁把行李包扛来了？"

"从今天开始，我就住在值班室。没别的意思，我想直接了解生产中的实际情况。"

"那我们多去跟办公室汇报就行了。"

"亲身体验，眼见为实，这更可靠些嘛。"

这一次上山，李太英就在山上住了一个半月。这些日子里，他和工友们上矿房、爬天井、背炮泥、推车，甚至脱掉衣服打钻，什么脏活儿、累活儿、急活儿他都干过。

蹲点，成了李太英"尝梨子"的第一招。

第二招，则让一位段长瞪大了眼睛。这天，李太英走到段长跟前说："听说你这里少了一个采掘班长。"

段长忙问："矿长有什么合适对象吗？快点儿推荐给我。"

"我毛遂自荐——"

"你当采掘班长！"段长惊呆了。他从没听说过一个矿长会愿意连"降"六级下井当采掘班长。

结果，李太英真的当了采掘班长。尽管时间只有一个来月，但工友给了他一个评价："我们李班长是最称职的班长！"从此，工友们不称他矿长，而是很亲切地喊他"老班长"。

"尝梨子"的第三招，他从采掘班长做起，然后一个层级一个层级地体验。甚至，他做过三个工区党支部书记兼区长。

李太英深有体会地说："一个矿长，只有彻底熟悉了整座矿的细节，才能不说外行话，不做外行事，更不拍外行板。"

"雷矿长"姓李

再说李太英的一个故事。他是在 1959 年 8 月开始当七一一矿副矿长的。不久，四季度生产大会战拉开了帷幕。

这天，几个段长一块找到李太英，说："坑里的电雷管用完了。"

"仓库领呀！"

李太英脱口说了一句话，这当然不是说了"外行话"。但当他看到段长们面面相觑的表情时，便很惊讶地问："仓库里会没有电雷管？"他带段长进仓库一看，果真没看到一根电雷管。采购员跟李太英说："这东西很紧俏，眼下没法拿到现货。"他即问："还要等多长时间？"采购员摇摇头说："一两个月也说不定。"李太英急了："那这四季度还搞什么生产大会战？"

李太英当然明白：没电雷管，意味着整座矿要停产。

这时，他看到仓库里还有不少火雷管，脑子里立即闪过一个念头：把火雷管改成电雷管。

"好像没听说过火雷管可以改成电雷管。"一位段长跟李太英嘀咕。

言下之意，你这个副矿长刚刚走马上任，就别匆匆"制造"一个给人家看的笑话。

李太英说："火雷管，电雷管，都是雷管，一定能找到两种雷管的转换方法。"他马上找来几个年轻技术员，说了自己的想法，又问道："愿不愿跟我一块组成实验小组呢？当然，怕丢自己脸的也可以不参加。"结果，几个年轻技术员异口同声地说："李副矿长，我们跟着你干。"

李太英笑了，很幽默地说："如果失败了，你们就说是李太英瞎搞。我的脸皮厚，耐刮一些。"

当天，李太英带着实验小组下到坑口。他们日夜研究、改制和实验。七天后，终于成功将 1000 多根火雷管改成电雷管。经过专家验证，爆破率在 95% 以上，满足了生产急需。

李副矿长带人做雷管，一时成了整个矿上的头号新闻。从此，工友们称他为"雷矿长"。后来，一些新来的工友也跟着这么称呼李太英。得知内幕后，新来的工友由衷地感慨道："啊，原来我们的'雷矿长'姓李呀！"

不是奔房子来的

1958 年，一个秋日。

王思聪与山西省大同煤矿调往七一一矿的八十几名工友一块儿抵达许家洞火车站。

他即便有了心理准备，也没有想到这个地方位于深山老林中，更没想到的是，走下火车后，他们被安排在车站旁的一间牛棚里居住。在大同煤矿，他与工友住的是窑洞，里面虽然有些闷，但较干燥。许家洞这里却很潮湿，这让王思聪很不适应。

甚至有工友抱怨："这味道太难闻。"

"牛都能习惯，我们也能习惯。"王思聪半开玩笑半认真地说。

但这个习惯，是一个煎熬的过程。除了味道难闻、牛棚四处透风外，晚上还有蚊虫叮咬。

王思聪一个巴掌拍在自己的脸上，竟然可以拍死十几只蚊子。

他发现，这里的蚊子特别大。

牛棚，是他在七一一矿住的第一间房子。

后来，王思聪与工友们搬到一排平房里。这个号称"矿招待所"的房子，此时并没有完工，连门窗也未装上。但他仍写信给老家，让妻子王秀云带着儿子来许家洞安家。

妻儿抵达后，一进房子，满是惊愕。

儿子问："爸，这是我们家吗？"

"没窗没门，让我们怎么住呢？"王秀云也是苦涩一笑。她把行李一放，便与王思聪忙开了。没装窗户，他们钉上木条，再贴上白纸挡风；房间没门，他们就在门框上钉一块布帘，勉强遮风挡雨。但遇到大雨，雨水就会飘进屋内，地上湿漉漉的。

王思聪安慰妻子："会有好房子住的。"

王秀云则对儿子说："很快，你爸就会带着我们住进好房子。"

四年半后，王思聪家终于分到一个单间。

儿子也很知足地说："爸爸没撒谎，我们有了好房子。"

这个单间其实只有十几平方米。

后来，儿子观看苏联黑白电影《列宁在1918》时，学到了一句台词："面包会有的，牛奶会有的。"这是列宁的警卫员瓦西里对妻子说的话。听到儿子颇有感触地说出这句话，王思聪很开心地拍拍儿子的肩膀，说："是的，一切都会有的。"

时至1980年，王思聪才再次搬家。他们搬进红卫区一栋家属楼的三楼，房子有40多平方米，三间房，有小厕所。

他们圆了昔日的住房梦。

王思聪说："一切都会有的，包括住房，这不是一句台词。"但到这一年，王思聪已经在七一一矿工作了22年；这一年，他快45岁了。当被问及这住房梦做出了一股什么滋味时，王思聪很平静地说了一句："我们当初不是奔房子来的！"

"狠心"的妈妈

张国玉的丈夫叫唐琨瑜，1963年6月为七一一矿的建设献出了宝贵的生命，年仅37岁。

这日，矿领导上门慰问张国玉，告诉她每月可领取25元的抚恤金。当然，这笔钱很难维持张国玉和四个子女的日常生活，可以说捉襟见肘。但是，当矿领导询问她还有什么困难时，张国玉却说："我有双手，也就没啥困难了。"

很快，张国玉在矿里的冰棒厂做了临时工，每月有十几块钱的收入，但是这仍然不足以改善他们的生活条件。于是下班后，她从厂里批发冰棒到街头巷尾叫卖。

那时的冰棒只卖两三分钱一支。但四个孩子只能眼睁睁地看着，不敢跟母亲说要吃冰棒。一天，未满四岁的小妹妹看到母亲背着冰棒箱从家门口经过，便追了上去，大声叫道："妈妈，我要冰棒；妈妈，我要冰棒……"张国玉听到了孩子的叫声，却一直没有停下脚步，也没回头。

张国玉的儿子唐荣共后来回忆说："有一次，妈妈终于让我们吃了冰棒。这几支冰棒是没卖完的，快融化了。我们四兄妹很开心，但妈妈满脸不高兴。看到冰棒就这样被我们吃掉，她心疼了。"

所以，张国玉第二天的叫卖声喊得更大，步子也迈得更快。

后来，张国玉改做洗衣工。这个工种收入稍稍高一点儿，但更辛苦。她负责清洗坑道工友换下的工作服和雨衣、雨裤。这类工作服一下水，就很沉重，每天要洗的衣服也很多。她有一个感觉，好像永远有洗不完的衣服。洗衣时，她不敢歇一口气。

张国玉的双手整天泡在水里，指头和巴掌都是浮肿的。

有时候，唐荣共也会给母亲吹一吹浮肿的手。

唐荣共说："好像我呵几口气，就能把母亲的手变成原来那模样。"

当然，他没有这种"功夫"。

第二天，唐荣共还没起床，张国玉又去上班了。她有一个念头，一定要比昨天多洗几件衣服。

不久，张国玉转到食堂上班。矿领导看到她能干，又能吃苦，便换了这个工种给她。但她从不端菜回家，她舍不得花钱。她挣到的钱，全用来给家里买米买油。平时她几乎从不买菜。一年到头，家里吃的都是张国玉种的菜。

菜地也是她在业余时间挖的。每天天未亮，她就起床上山浇菜地，然后才去食堂上班。那些年，她既没误了浇菜地，也没误了上班。

家里吃得最好的时候，就是几个月买一个或半个猪脸。张国玉把猪脸皮上的毛刮了，进行腊熏，然后储存起来。就是这些腊猪脸，孩子们也很难吃到。张国玉是一个好客的人，即便家里困难，也要把腊猪脸用于待客。剥下猪脸皮，骨头则用于炖汤。孩子们有印象，汤里有猪肉香，却吃不到一块像样的猪肉。大年三十猪脸炖萝卜，这道菜成了他们家十几年未变的年菜，也是孩子们梦中的美味佳肴。

张国玉的儿女们有一个印象，他们身上穿的衣服都是妈妈亲手做的。妈妈时常到裁缝店和熟人家要些碎布，用这些碎布拼成一件五颜六色的衣服。唐荣共后来说："现在看来，那是我们穿过的最漂亮的衣服，因为那是妈妈一针一线亲手拼缝的。"

在唐荣共眼中，母亲看上去"狠心"，却把满腔的爱给了这个家……

来自电影中的志向

七一一矿有一个叫董贞泉的高级工程师，享受国务院特殊津贴。他是一个地地道道的重庆人，中学毕业于由邓颖超题写校名的重庆南开中学（现重庆三中）。

读高中时，董贞泉就有了一个志向：这辈子要做一名勘探队员。当时，同学们很惊讶地问道："你怎么想跑到深山探矿呢？"

董贞泉一笑："不是深山挖矿，是深山探宝。"

董贞泉的这个念头，来自他看过的一部名叫《深山探宝》的电影。这是一部纪录片，介绍了在湖北黄石铁山工作的四二九勘探队和在西北部祁连山工作的六〇五普查队的活动。董贞泉后来说："我被他们艰苦而有意义的生活感动了。他们那么热爱祖国，热爱自己的工作，胜利地完成了人民交给他们的光荣而又艰苦的任务，是一件很值得自豪的事。特别是四二九勘探队在摸清铁山地下资源时，队员们时常要工作在陡峭的石壁上，他们真值得我学习。"

很快，他跟着影片中的勘探队员唱起了《勘探队员之歌》：

是那山谷的风，吹动了我们的红旗；
是那狂暴的雨，洗刷了我们的帐篷。
……　……
是那天上的星，为我们点燃了明灯；
是那林中的鸟，向我们报告了黎明。
……　……

是那条条的河，汇成了波涛的大海；

把我们无穷的智慧，献给祖国人民。

我们有火焰般的热情，战胜了一切疲劳和寒冷。

背起了我们的行装，攀上了层层的山峰。

我们满怀无限的希望，为祖国寻找出富饶的矿藏。

1956年，董贞泉哼着这首歌曲走进重庆大学校园，他凭借优异的成绩考上了地质系。没过多久，地质系合并到成都地质学院。这天，他与系里众多同学乘坐9个小时的火车抵达成都。

董贞泉说："当时，我一拿到通知书，便觉得通知书就是可以让我飞翔的翅膀。"

这一"翅膀"也让他飞到了汪民伟的身边。汪民伟是一个来自海南的女大学生，俩人在成都地质学院成为同班同学。

1960年9月，董贞泉和汪民伟毕业了。俩人一块被分配到中国科学院地质研究所，当时已发给他们去北京的路费。就在这时，他们被组织上找去征求意见，说是二机部面向全国招人才。

董贞泉当即两眼一亮：这不是核工业系统嘛！

即便他和汪民伟学的不是核专业，但这时，他们一致表示：一切听从组织安排。

之后，董贞泉和汪民伟被调整分配到了中南矿业公司湖南八矿。在这里，志同道合的俩人结为一对夫妻。1962年春，夫妻俩又被一同调往七一一矿。从此，他们就在许家洞工作和生活了一辈子。

至今，董贞泉仍说："就是那部纪录片，赋予了我不悔的人生价值。哪怕到了今天，我还让孩子把《深山探宝》的电影找出来看看。很过瘾！"

耳闻与目睹

朱富堂留给女儿朱萍两个很深刻的印象。

第一个印象，来自她父亲的同事的讲述。

1962年，金银寨竖起了一台钻井。钻井被众多工友和当地老乡围着，他们要共同见证一个历史时刻——第一口钻井正式开钻。

担任第一口钻井开钻任务的是编号为"中国17号"的朱富堂组。

领导慎重地进行了考虑，最后找到朱富堂说："我们的第一井，你带领17号组开钻。"

朱富堂很兴奋地表示："保证完成任务。"

"不仅完成任务，还要漂亮地完成！"

"放心。我们早就是'常胜号'钻队！"

"正是因为你们能打硬仗，创造过每战必胜的功绩，我们才放心把任务交给你。"

朱富堂早就摩拳擦掌了。他带领的"中国17号"机组，是从华东马鞍门矿务局调来的。在朱富堂平静的外表下，却是满腔带领"中国17号"机组在金银寨再创佳绩的热血。

朱富堂站在钻井跟前。这一次，他要亲手把控钻机，确保万无一失。

"开钻！"指挥长一声号令。

朱富堂就在指挥长的号令声中启动了钻机。

那天，朱富堂格外兴奋。他后来冲到一个陡坡上，攥着拳头，冲天大喊："开钻啦！我们开钻啦！"

接着，他叫道："兄弟们，拿酒来！"

他的工友早就做好了准备，把一只敞口土碗递了上来。

朱富堂一饮而尽。

那碗里面的不是酒，而是取自金银寨的山泉水。

做了第一口钻井的开钻手，这事成为朱富堂一生的荣耀。

朱富堂留给女儿朱萍的另一个印象更为深刻，朱萍是这件事的直接见证者。

朱富堂因为职业病病情加重，住进了医院。这天，已经昏迷多日的朱富堂终于醒过来了，他看到女儿坐在床前，便问："今天几号了？"

朱萍说了一个时间。

一听，朱富堂愣了愣，说："我该交党费了。"接着，他跟女儿交代："萍萍，你替爸爸去一趟，把爸的党费交了。"

"爸，我得照顾你呀。医生说了，时刻不能离人。"

"没事，还有护士呐。"

朱萍仍在犹豫，毕竟父亲病情危重，便说："要不晚几天交吧。"

"连党费都不能按时交，你爸爸还像一个党员吗？"

"爸……"

"爸爸的一切，都是党组织给的。我是组织的人。你别劝爸了。你替爸跑一趟。嗯，见了那些叔叔、阿姨，替我问一声好。"

朱萍点点头，努力挤出了一个笑脸。但一出病房，她就掩面痛哭起来。

时至今日，朱萍仍然非常感动地说："我的父亲，用他自己一辈子的努力付出，书写了四个锃亮发光的大字：忠诚，担当！"

物探工程师的手势

姚文斌，是七一一矿的一位物探工程师。他发明了"坐标计算法"，这是他引以为傲的一件事。

姚文斌刚刚进矿不久，苏联专家便撤离了七一一矿。在这个艰难的时刻，矿里成立了不少技术革新与攻关小组。作为年轻技术员的姚文斌，这时接受了一项重要任务：找到最理想的物探计算方法。

这当然是一个严峻的挑战。

面对众多枯燥无味的数据，姚文斌从中找到了计算规律，成功发明了"坐标计算法"。

姚文斌充分展现了自己的智慧和能力。整个矿区共有48条地质剖面，皆呈现一种三十度不规则的走向，这就需要姚文斌对此有一个准确的把握，稍有偏差，便会对岩性、构造、矿体、钻孔位置的准确性产生巨大的影响。所以，很多专家称姚文斌的"坐标计算法"是一项"重大发明"，夸他是一个天才。

工友们却说，"坐标计算法"不是姚文斌坐在办公室拍脑壳想出来的，而是在我们坑井里发明的。原来，姚文斌为了找到计算规律，天天钻进坑道，收集第一手资料，同时与工友们交流，从中获得启发。

计算规律找到了。姚文斌非常开心。这时，他却发现自己的听力严重下降。他明白，这是自己长期在钻机声中工作导致的。

姚文斌不后悔。

他很自豪地说："在坑井里，我学会了以打手势的方式跟工友们交流。它是一种特定的手语。记得有一次在6号坑道，正是一个工友一个手势冲我打来，我当即明白怎么一回事。我在第一时间闪身，成功避开了头顶上掉下来的一块大石头。"

这种"无声的语言"让姚文斌颇感欣慰。后来，他深有感触地编了一段顺口溜：

没有推过矿车，

没有打过风钻，

没有上过天井，

没有爬过矿房，

没有生死线上走一回，

你算不上七一一矿人！

姚文斌能成为一名优秀的物探工程师，就是这么努力的。时至今日，人们看到他用手势表达自己的意思，都会肃然起敬……

"抢"字当头

在工友们的印象中，邓竹凡就是一位苦活儿、累活儿抢着干的人。后来，他评上了劳模。

邓竹凡，身手不凡。

这既是一个对他的恰如其分的评语，也显示了他的良好口碑。那时，他做了工段副段长，但仍然保持一股"排头兵"的作风。工友们曾说，邓竹凡只要端着钻机，身上就好像有一股英雄豪气。他全神贯注，一往无前，连续作战……

邓竹凡曾说："娘老子把我生下来，就是让我来这争先创优的。"

有一次，天井出现故障。段里决定，立刻做好力量和物资准备，争取外援进行抢修。

邓竹凡却觉得，这种故障自己处理过几次。即便知道处理过程中有危险，但他仍跟段长说："还是让我先上去看看。也许，问题不大。"

段长说："不行，不行。你总不能把危险的事自己一个人抢先扛上。"

"既然有危险，就应该让有经验的人来负责处理。处理这个，我有经验。"

"我是说……"

"好了，好了，我会留意的。"

邓竹凡不顾段长的劝阻，坚持要进天井。工友们很感动，其中几个工友主动提出陪着他进天井抢修。上山前，他特意买了六根大油条，要给随行的工友吃。在天井里面，邓竹凡进行了任务分工。几个工友当即跟他争吵起来，原来他把最危险的站位留给了自己。邓竹凡把眼睛一瞪，说："这事我负责。你们不听安排，现在可以出井去。"

工友们只好说："那你小心点儿。"

"我不是一个新手，年纪也比你们大多了。"邓竹凡说道。

但意外还是发生了。在抢修过程中，邓竹凡被石头砸中。工友们赶紧把邓竹凡抬出井外，最后，抢救无效，邓竹凡以身殉职。一个工友面对他的遗体，大哭道："邓竹凡，你的油条还没吃呢！"

他的家人介绍，邓竹凡曾跟家人说了很多遍，我们的江山是靠命拼出来的，这铀矿也需要有一种牺牲精神。而且，他一直把自己当成一个年长者，遇到挑战，都会主动承担冲锋陷阵的任务。

他做到了。但这位自称"年长者"的邓竹凡，殉职这年也才 39 岁。

贾医生的体验课

在七一一矿职工医院，贾医生的口碑很不错。他才 30 来岁，却被公认为是一个有经验、有水平的"当家医生"。

每一天，他都能得到患者和家属的赞扬，这时候，他有点儿小得意。

这天，贾医生突然提出："我要下井！"

原来，矿党委号召机关干部下井体验生活，并参加一线的劳动。听到这个消息，贾医生跑到院长办公室，申请加入全矿第一批体验对象下井劳动。

院长拍拍他的肩膀，说："医院如何安排，矿党委目前没具体指示。矿党委知道我们医院人手紧张，没给我们这方面的硬性要求。"

"所以，我主动要求下井。"

"很好。你是一名要求进步的好同志。只是你作为一线医生……"

"请矿长放心，白天我下井，晚上我来医院坐诊。或者白天我坐诊，晚上我下井。"

"这很辛苦。"

"矿里不少干部已经在下井，也没耽误本职工作。"贾医生轻松地给了一个回答。

下井体验，他还有一个目的，来七一一矿工作好些年了，自己却没下井干过活儿。平时，听到一些井下工作如何艰苦的描述，他却觉得应该没那么艰苦吧。在手术台上，他一站就是三五个小时，甚至十几个小时，他想去井下看看，到底谁更辛苦一些？当然，他对下井也有种新鲜感。

他的申请终于得到了批准。

这天上午，贾医生"全副武装"后，跟随工友乘坐罐笼下到坑道。到达井下130米中段时，他突然有了呼吸困难的感觉。

"这、这么热——"

段长介绍说："温泉水造成环境高温。如果不舒服，贾医生可以返回地面。"

贾医生吐了一口长气，说："既来之，则安之。我一定要跟你们一块劳动。"

段长安排贾医生捡矿渣。这个井下最轻松的工作，也让贾医生的全身很快湿透了。半个小时后，他的脸色变得越来越难看，段长赶紧跟他说："要不先休息一会儿吧。""我、我得完成今天的工作量……"话还没说完，贾医生就昏倒了。

回到井上，贾医生才清醒过来。

不久，贾医生得到工友们的一个新评价："贾医生不仅医技好，待我们也越来越热情。"

贾医生很坦率地说："上次在井下上了一堂体验课，我受到极大的震撼，这也是一堂很深刻的教育课。工友们原来是在那般恶劣的环境下劳动的，之前我是难以想象那种艰苦的。我一定要做一个更优秀的医生，认认真真为你们做好医疗服务和保障工作。"

遗愿得偿

"在我们苏联，这是完全不可能做到的事。但中国工友们的意志和信念完全超越了人类的极限！"在苏联专家发出由衷的感叹时，一位工友的手也被这位苏联专家紧紧握着。

这位工友叫周都理，湖南祁东人。1956年，周都理成为三〇九队十分队队员，相继担任木工、支架工和风钻工的工作。周都理和工友们在一个月之内，奇迹般地打通了一千多米的坑道。

看到矿工们在极端恶劣的条件下创造的这一佳绩，苏联专家当即说，想见一见创造奇迹的英雄。于是，队长把周都理带到了苏联专家跟前。通过翻译，苏联专家询问他叫什么名字。

周都理脱口而出道："新中国一名普通矿工！"

翻译连忙提醒："这位先生是想知道你叫什么名字。"

周都理当即补了一句："新中国矿工周都理！"

几天后，在"千米英雄"表彰大会上，周都理被授予"千米英雄"荣誉称号。

他拿着奖章，热泪盈眶，连声说道："我当一名新中国矿工，感到无限光荣！"

1960 年，周都理被确诊三级矽肺。6 年后，他不幸离世。

弥留之际，周都理跟队领导说："我有一个请求，请领导同志答应我。"

"请说。"

"应该不会给组织上添麻烦吧。"周都理这时突然有点儿犹豫。他的内心充满了感恩，因为连续几年，组织上都在竭力挽救他的生命。

领导说："周都理同志，你的任何一个想法，我们都有责任帮助你实现。如你所说，你是新中国的矿工。新中国断然不会忘记你们。"

"我想跟为新中国铀矿事业献身的同志们埋在一起，而且墓要朝向许家洞，那里是我曾经战斗过的地方，我想每时每刻都能看到它。"

听到周都理的这番话，在场的领导和医护人员都流下了眼泪。

周都理的愿望实现了。他离世后，被葬在刚成立不久的中南地勘局职工疗养院一侧的山坡上。

在那里，他永远都能眺望七一一矿。

离世时，周都理只有 27 岁。而第一份三级矽肺确诊书上，他才 21 岁。

国庆，在天安门观礼

工程师王文元说，他一辈子都忘记不了在北京天安门参加国庆观礼这件事。

1964年，是建国15周年的日子。

上午10点钟，国庆典礼开始。庄严的国歌响起。当时，王文元站在天安门观礼台，与来自全国各地的英模站在一起。大会宣布，国庆典礼检阅开始。中国人民解放军三军仪仗队，工、农、兵、学、商方阵依次威武雄壮地走向检阅台。王文元与英模们一起高呼："毛主席万岁！中华人民共和国万岁！"后来，王文元回忆："当时，毛主席身着灰色中山装，身材魁梧，神彩奕奕，他不断挥手高呼'同志们好''人民万岁'！毛主席不断走动，向游行群众致意。那天，游行队伍有三十几万人，歌声四起，锣鼓喧天，彩旗飘动，十里长街人潮涌动，欢呼声此起彼伏。"

王文元曾回忆说，在受到党和国家领导人毛泽东、朱德、刘少奇亲切接见时，他流下了激动的眼泪。

而他上一次流下热泪，则是在七一一矿第一座预选厂宣布正式启动时。他说："预选厂投产，真是一次来之不易的胜利！"

1962年6月，矿领导决定从机电车间抽调电工、钳工、铆工、焊工、管工共计 21 人组成预选厂设备安装组。其中电气工程师祖润田、机械工程师王文元等负责预选厂机电设备安装的技术工作。1963 年 4 月，预选厂进行设备安装，却发现浓密机到货时，机座与基础不符。按原设计安装的话，就必须把基础全部返工。整个基础返工，意味着投产计划必须延期。王文元当即说道："不管基础，还是浓密机，都是人造的。我相信通过研究，一定能找到解决的办法。"有人担心，如果最终没能找到解决办法，这责任谁来负呢？王文元大声地说："这个责任我王文元来负！"

好些人为王文元捏了一把汗。

当天，王文元就到了现场，与施工人员共同研究。他果断调整设计，反复试验，终于通过改变机座角度、将机座打孔垫高的办法，成功满足了安装要求。

在预选厂安装的那些日子，王文元经常连续工作十几个小时。困了，他就睡在机房；饿了，他啃个冷馒头。他和其他技术人员、安装工人一起，解决了设备安装的一道道难题。很多工友赞道："在王工眼里，没任何困难可以成为拦路虎。"

预选厂设备安装提前两个月完成了任务。由于王文元表现突出，贡献极大，被组织上选为赴北京参加国庆观礼的英模代表。

从北京观礼回来的当天，王文元又走进了预选厂……

全家福

陈贵郴非常自豪地说："第一颗原子弹成功爆破那天，我们家拍下了一张珍贵的全家福。"

1964 年，陈贵郴已经 8 岁。在他的印象中，那天七一一矿区的七八个大喇叭都在进行广播，播报第一颗原子弹爆炸成功的新闻，同时播报中国政府声明。整个矿山沸腾了。放学后，陈贵郴就跟很多同学跑到矿部门前看放鞭炮，顺便捡未燃的鞭炮。

这时，他的大哥来了，他一把抓着陈贵郴的手说："回家去。"

"好些鞭炮没响，我得再捡些。"陈贵郴见大哥仍不松手，就说，"我分一半鞭炮给你。"

"爸爸有事。"

陈贵郴努努嘴，只得随大哥回到家里。他的母亲魏金娣刚把菜切好，却没下锅。父亲陈孝瑜说："陈贵郴回来了，那全家人就齐了。我们上许家洞照相馆。"

"照相馆还有饭吃？"顽皮的陈贵郴这时问道。

母亲拍拍他的小脑袋笑道："你爸说，我们照相去。"

"干吗今天要照相呢？"陈贵郴困惑了。

陈孝瑜说："今天是一个好日子。原子弹爆炸了。我

1964 年 10 月，中国第一颗原子弹爆炸成功，陈孝瑜全家在许家洞合影留念（陈贵郴供图）

们去照一张全家福。"

　　于是，陈贵郴随父母及兄妹一块赶去许家洞，拍了一张全家福。当时，陈贵郴有兄妹七人。陈贵郴的大哥叫陈贵民，老二、老五是姐姐，分别叫陈玉琴和陈孝琴，老三和老四是哥哥，名叫陈贵达和陈贵钧。全家福中，母亲抱在膝上坐着的是老七，即妹妹陈巧琴。靠在父亲腿上的则是老六陈贵郴。

　　陈贵郴说："我们家是来许家洞拍全家福的第一家。后来，很多家庭都挤进照相馆，他们全是来照全家福的。"

　　如今，这张 60 年前拍的全家福被陈贵郴珍藏着。他说：

"每次看到这张照片，当时那热闹的欢呼场景就会浮现在我眼前。一张全家福，一个美好的记忆。"

生日

罗南凯已过了九十岁。

听到原子弹成功爆炸的消息那天，自己怎么庆贺的，他怎么也想不起来了，但提及 10 月 16 日这一天，他一定会说到一个姓李的同事。

李同事是一个孤儿，个子不高，但很机灵，他比罗南凯稍后一点来到三〇九队十分队。当时，听到大喇叭宣布中国制造的原子弹第一次成功爆炸的消息，李同事非常兴奋地叫道：

"今天我过生日啦！今天我过生日啦！"

"你过生日？"好些工友奇怪地问道。

"是的，是的。"

罗南凯说："你很小就没父母了，还是解放军把你送进孤儿院的。你是在那里长大。你不是一直说，你不知道自己是哪一天生的吗？"

"我是这么说过。"

"那你怎么今天突然有了生日？"

同事李露出一张灿烂的笑脸，说："今天是我生日，因为我们的原子弹成功爆炸。"

原来他灵光一现，当即决定把这么一个特殊的日子作为自己的生日。

罗南凯乐了，接着，他和工友们一块祝李同事生日快乐，也祝贺我们的祖国越来越强大。

从此，这位李同事再填写出生时间时，一定会写：1964 年 10 月 16 日。

珍贵的题词

在七一一矿俱乐部前的广场上，卧着一块高一米多、长十几米的石质横碑，上面遒劲有力地题写着"中国核工业第一功勋铀矿"。

1998 年，在七一一矿迎来建矿 40 周年之际，刘杰称，在中国原子能发展史上，七一一矿建矿最早，当时出产铀矿石最多，职工群众做出的贡献和牺牲最大。他饱蘸浓墨为七一一矿挥笔题写了"中国核工业第一功勋铀矿"。

这是至高无上的一个评语。

刘杰当然是具有给予这一评语资格的人物。中国原子能出版社出版的《"两弹一艇"人物谱》一书中，收录了"中国核工业创建 65 周年'核工业功勋榜'"，在榜单上，刘杰的名字紧随宋任穷，位列第二。在书中人物介绍中，有这么一段文字：

他从事核工业建设和发展的领导工作 13 年（1954—1967 年）。特别是 1960 年 9 月后，他作为二机部部长，直接组织和领导了核工业建设和核武器研制工作，成功地实现了我国第一颗原子弹和第一颗氢弹的爆炸试验，完成了核潜艇动力装置的扩初设计，基本建成了核科研和核燃料工业体系，并开始核工业三线建设。培养造就了一支科学专业门类齐全的核工业科技队伍，为我国核工业建设和长远发展打下了坚实的基础。

在中国原子能出版社出版的《激情岁月讴歌》中，还有一段很生动的描述：

1955 年 1 月 15 日，毛主席主持召开了中央书记处扩大会议，做出了建立和发展我国原子能事业的战略决策。中国发展原子能建立核工业的历史从此开始。

会议的前一天，周恩来总理约见李四光、钱三强，了解铀资源地质勘查和原子能科学研究情况，薄一波、刘杰也参加了这次谈话；当晚便给毛泽东主席写信建议召开中央书记处扩大会议。

会议当天，中南海内颐年堂迎来了中国共产党的高层领导人：毛泽东、刘少奇、周恩来、朱德、陈云、邓小平、彭真、彭德怀、李富春、薄一波。之后来到是李四光、刘杰、钱三强。

　　据史料记载，这一场极其重要的会议由毛泽东亲自主持，先由李四光介绍了铀矿资源与发展原子能事业的密切关系，分析了中国有利于铀矿成矿的地质条件，并对中国的铀矿资源做出了预测。讲完后，李四光把从广西钟山带回来的铀矿石标本拿出来，接着刘杰打开盖革计数器探测铀矿石，当铀放射线通过检测发出"嘎嘎"的响声时，与会领导都十分兴奋。

　　刘杰是中国核工业建设和核武器研制工作的直接组织和领导者，他深知七一一矿在中国核工业建设史上的地位和作用。他对七一一矿的发展了如指掌。《国营七一一矿史（1958—1986）》上有这么一段记载：

　　1959年3月19日，刘杰率苏联专家第二次到七一一矿（时称"湖南二矿"）检查指导工作。3月29日，刘杰在矿召集有湖南二矿（后改称七一一）、三〇九队十分队、苏联专家参加的会议。刘杰多次来到许家洞，仅这次就待了十几天时间。

如今，老工友们仍记得这样一个场景：1958年9月，时任二机部副部长的刘杰来到金银寨，在山上吊唁一位被毒马蜂蛰死的女技术员。他蹲到那位女技术员的墓前时，发现墓前仅是竖着一块木板，便沉重地说道："等条件好了，再用石头刻个碑吧，久了别都忘了。"

刘杰忘不了往昔的一切。所以，他把这一句饱含深情的赞词送给了七一一矿。

"七一一：我回来了"

"七一一，我回来了！"

2023 年 10 月，89 岁高龄的熊惠贞走下中巴车，跟我说的第一句话，就是这一声发自肺腑的感叹。此时，距离她离开七一一矿，已经过去了 59 个年头。在熊惠贞的眼里，七一一矿有着太多的传奇。

七一一，不是一组简单的数字，也不仅仅是一个普通的代码。横卧在广场上的长条石碑，已经亮明了它无限荣耀的身份"中国核工业第一功勋铀矿"。1964 年 10 月 16 日，巨大的蘑菇云在新疆罗布泊荒漠腾空而起，中国第一颗原子弹爆炸成功。解密的资料显示，新中国第一颗原子弹研发所用的铀原料，就来自七一一矿。之后的第一颗氢弹和第一艘核潜艇研制成功，也与七一一矿有着密不可分的关系。

2004 年，七一一矿完成了它的历史使命，停业关闭，七一一矿职工被安排住在郴州市经济适用房。

2023 年，这座一度沉寂的功勋铀矿焕然一新，带着它曾有的精神，出现在我们面前。重启的七一一矿，已经成了人们前来打卡的一座具有"工业风、神秘铀、中国红"的时光小镇。它的前世与今生中的每一段传说，都能感天动地。

一

1958 年 4 月，还在坐月子的江西荡萍钨矿医务所护士熊惠贞，跟随丈夫姜德林南下，作为"七人先遣队"的成员来到许家洞金银寨。

熊惠贞回忆，当时一下车，她就惊呆了。这里山高林密，荆棘丛生，瘴气弥漫。然而，在这个山窝窝里，他们一干就是 7 个年头，直至 1965 年 4 月奉命与丈夫调离七一一矿。她说，"祖国需要我干啥，我就干啥"，这个信念一直支撑着她。

熊惠贞回忆，刚到矿里没多久，她就在一间用杉树皮搭成的棚子里摆了一张桌子，开始了工作。这个棚子便是七一一矿职工医院的前身。从那天开始，她既是护士，又是医生，还兼任采购员。当时去采购药，一分钱得当两分钱花。说到这里，她仍忍不住感叹："那时真艰苦！"

她说，在坑道里为受伤工友包扎伤口时，她第一次流下了眼泪。说起这事，她哽咽难言。

当时，井下那种作业环境外人很少知晓。

聊到了这个话题，我跟熊惠贞讲起了自己的一次偶遇。一天，我在七一一矿工业文化实践教学基地展馆里搜集资料，听一位大姐说，她老公就是井下工人。这位大姐姓匡。我问她丈夫当年下井的情况，匡大姐却跟我介绍，她丈夫姓陈，很帅气，一米八的大个子，爱打篮球，也爱跟两个儿子讲历史故事。匡大姐似乎对丈夫在井下的工作没多少印象，但她很热情，一个电话打给了和丈夫一块儿下井的老工友。

于是，我认识了周宏喜。

周宏喜是七一一矿一个"矿二代"。这位匡大姐丈夫的老同学，担任过七一一矿一个作业区的负责人。周宏喜说，他当时在主矿带 80 米中段处工作。井下有一股源源不断的热水，最高水温达 54℃，涌水量每小时近两千立方米，工友简直就是在热水罐中干活儿。一组三个人，上班时，只能两个人打钻，另一个人站在身后拿着水管往他们身子一刻不停地喷冷水。周宏喜介绍，每次出坑时与进坑时比较，自己的身体会出现三大变化：体重 6 小时减轻 7 到 9 斤，本来正常的心跳这时达到 120 次／分到 140 次／分，而体温也从常态升至 38℃到 39℃。即便如此，没一个人退缩，每一天都能完成工作量，甚至超额完成任务。

在一次井下抢险时，周宏喜带着 10 个工友下井，结果晕倒了 9 个人。周宏喜与另一个工友奋不顾身地抢救同事。他们要蹚过齐膝深的高温热水，将晕倒并抽搐的工友背到 150 米开外的坑口，如同过"鬼门关"一般。几趟下来，周宏喜的嘴唇咬成了深紫色，大腿以下也被严重烫伤。

刘天富、朱金龙、周志立三位工友就是在井下抢险中牺牲的，牺牲那年，朱金龙才 21 岁。

旁边一位老工友沉默了半天，才跟我说道："刘天富和朱金龙的遗体第二年才找到。在热水中泡了一年，看上去他们身上的衣服还好端端的，结果一碰就碎了。"

唏嘘一阵之后，周宏喜又闭上了眼睛。这一刻，井下的场景又浮现在他的脑海里。在热气腾腾的坑道内，他们都是赤条条的，甚至为了抢进度，直接打"干钻"。那弥漫的粉尘让人睁不开眼睛。

记得一个叫吴春娥的家属回忆道："男人下坑道出来，都是一身黑泥巴，就剩下两个眼珠在转。拿着饭盒子递过去，谁接到我的饭盒子，才晓得谁是我的丈夫。"

匡大姐第一次听说这些往事，她不禁惊呆了。原来，跟自己生活了几十年的丈夫竟然是一个"陌生"的男人。她眼里噙着泪花，说："我突然想跟我老公说几句话。"

这时，她的老公已经离世快十年了。

当时的苏联专家楼

听完我的这段叙述，熊惠贞说："国家使命，最高机密，所以当时在这里，父亲不知道儿子干什么，妻子不知道丈夫干什么，孩子不知道老子干什么。这就是那个年代神秘又神圣的七一一！"陪同熊惠贞来到七一一矿的两个儿子也说，不看展览，真不知道父母亲还有这么一段经历。

幸好很多史料已经被解密，才让这一大批英雄鲜活而丰满地回到了我们中间，也因此拥有了"做隐姓埋名人，干惊天动地事"的最高赞誉。

当在展馆中看到第一颗原子弹的模型时，我才猛然明白，这颗原子弹是用信仰、精神与力量引爆的。

熊惠贞回忆说："我们是从矿里的大喇叭中听到新华社发布的成功进行第一次核试验的新闻公报。哇，当时整座七一一沸腾了。我甚至觉得，那朵蘑菇云就是在我眼前腾起的。"

二

熊惠贞眼前一亮。

作为七一一矿的第一位医务人员，当得知她眼前的这幢投资3亿元、刚刚完工的大楼，竟然是一所医养中心时，熊惠贞说道："那时，我做梦也想不到会有这么一座漂亮的医院。可今天，它就在七一一矿！"

当熊惠贞听说还开设了老矿区长者食堂时，她风趣地

2023年，熊惠贞（左一）在七一一矿工业文化实践教学基地展馆参观（张顺供图）

说："明白了，我进去吃饭用不着自己掏钱！"

应我相邀作陪的当地朋友雷科向熊惠贞介绍，长者食堂以及被人们称为"康养楼"的医养中心，就是根据老矿区年迈工友多的情况，特别立项建设的两项民生工程，它们也仅仅是民生工程中的两项。

熊惠贞看到老矿区如今有了精致典雅的范儿，呈现出一种热闹又安逸的情境，便猜会有很多游客问，这里真是老矿区吗？其实，很多人已经发出感慨——这是一个"脱胎换骨"的七一一。

雷科是老矿区嬗变的推动者。

记得那天，雷科陪我在七一一街道上闲逛时，一位扶着助行器前往菜场买菜的男子，很远就热情地跟他打招呼。这名男子叫朱立春，是一名"矿三代"。他的爷爷是七一一矿一名高级工程师，父亲也是一名工程师。在改造老矿区时，雷科得知他们家仍住在原矿区五食堂里，条件极差，便把朱立春家作为重新安置的对象。雷科当时就有一个念头：不把这么一个家庭安置好，真是对不起他们！第一件事，找房子。雷科先挑了一轮，再带着朱立春和他的父母将几处房屋看了一遍，待他们确定一套住房后，雷科马上帮助他们进行改造和装修。做完防水、刮胶，铺上地板砖后，雷科见朱立春的父亲年迈，行走不便，便协调接通了有线电视。朱立春搬家那天，雷科邀请了十几个同事一块儿帮忙。

听到熊惠贞对这座焕然一新的老矿区赞叹不已，我想把雷科和朱立春的故事讲给熊惠贞听，雷科拒绝了，却提及了另外两个同事。一个同事叫陈平。在抢工程进度时，陈平的父亲病危，几个月都由陈平的妻子守护在床前。陈平曾经叹息："我当然知道儿媳妇照顾公公的尴尬。"结果，哪怕父亲闭上眼睛时，陈平也没出现在父亲跟前。整个工程完成后，陈平才无意中说出了这件事。另一个同事叫肖振华，他在工地上觉得身体不适，抽空去医院检查，结果发现胸腔中长有瘤子，而且长在血管与心肺之间，十分危险。

但他不想请假，拖至完成工地任务时，才住进医院。医生给他会诊后，很无奈地跟肖振华的家属说，拖得太久了，只能做胸腔大手术……

他们都是七一一矿工作专班的一员。

在这些人身上，熊惠贞看到了自己那代七一一矿人的精神得到了传承。只是熊惠贞还没来得及夸奖他们，雷科就跟她说道："参与这次老矿区民生项目的建设，最让我感动的一件事，就是看到了老工友们当年无私奉献、如今全力支持的那种胸襟。"一位老工友得知自家临时搭建的房子需要拆除，没让上门做工作的同志把话说完，便大声地表示："政府怎么说，我就怎么做！"说完，当即在协议上按下了手印。

旁人提醒他："看一看协议吧。"

"人家是来重建七一一的！"老工友断然拒绝。

果真，一切皆如老工友所料，在大家的共同努力下，七一一矿旧貌换新颜。一队精兵强将在指挥长的带领下，夜以继日，仅用短短几个月的时间，这一组民生项目伴随着誓言声成功落地七一一矿。我相信，人们一定会记得在七一一矿发生的一切。

矿嫂张荣华没有忘记，她住的楼房前坑坑洼洼，一下雨就没法出入。那年，住户自发集资，要修一条便于外出的简易水泥路。在钱没法凑齐的情况下，住户们只好有沙子的出沙子，有水泥的出水泥。接连几天，张荣华挑着箩筐在工地上捡旧砖头用于铺路。即便这般努力，这条门前的水泥路最终也只修了几米远。她说："我哪会想到今天能有这么大的变化呢？曾经泥泞不堪的道路、杂乱交错的管线不见了，临时搭建的房屋也不见了，取而代之的是大街小巷铺了柏油，大街小巷有了路灯，整座七一一像换了一件崭新又漂亮的衣服。"

当我遇到王瑶心时，她正在街上散步。她说："以前，孩子们不允许我一个人出来，怕被绊倒。眼下，哪怕我一个人闭上眼睛走路，也不会摔倒。"

这位曾经的女大学生是 1961 年来到七一一矿的。听到她这样说，我为之欣慰。蓦然间，我又有了一点儿遗憾，怎么没安排她与熊惠贞见上一面呢？她俩都是快 90 岁的老人，那时她俩一定认识，说不定还是一对闺蜜，因为她俩以及那些来自五湖四海的工友早就拥有了一个共同的"籍贯"：七一一。而这两位长者碰面，一定会讲述出我想听的那些火红青春的激情故事。

还好，熊惠贞和我们约定，2024 年 10 月，当我们纪念中国第一颗原子弹成功爆炸 60 周年的那一天，她一定再回七一一。

三

比熊惠贞本人更早回到七一一矿的，是她的一张照片。

此时，经过重新打造而焕发新颜的七一一矿获得了一个新的名字——时光小镇，实现了华丽转身！

筹备时光小镇的七一一矿工业文化实践教学基地展馆时，人们特意在它最醒目的位置设立了一个"七人先遣队"展示窗口。"1958年4月29日，姜德林、谢英、张桂芝、苑宝存、罗淑琴、彭金莲、熊惠贞作为先遣队到达金银寨筹建矿山。当年7月3日，矿土动工。"在这段文字的上端挂有六位先遣队队员的照片，却在右下角留有一空白之处。

原来，工作人员没有找到熊惠贞的照片。

一个也不能少！于是，一道命令即刻发出：一定要找到熊惠贞的照片！他们核查了全国170余名名字相近人员，但都不是要找的人。寻人小组星夜兼程奔波2000多公里，经过大海捞针般的努力，终于得到令人满意的结果，不仅获得了一张熊惠贞穿军装的照片，而且还见到了仍然健在的熊惠贞本人。

她是"七人先遣队"中唯一在世的队员。

熊惠贞在时光小镇，也遇到一个个惊喜。这是秋日的一个下午，阳光明媚而温暖，透过云层，穿过一草一木，洒在屋檐上、墙面上、小巷里……我和夫人一块挽着熊惠贞的手臂前往展馆途中，迎面走来一队小学生。他们刚刚从展馆参观出来，在这擦肩而过的短暂时刻，孩子们竟然认出了熊惠贞就是展馆墙上那位先遣队的老奶奶，喜悦地喊道："熊奶奶好！熊奶奶好！"

她高兴地说："真没想到呀，孩子们还能认出我。"

当听到小学生雷朵儿和李承谦献上诗歌《我把你追寻》和歌曲《听我说谢谢你》时，熊惠贞热泪盈眶。这一刻，她看到了郴州人追寻英雄、崇尚英雄的那种纯粹的情怀。而这份情怀，非常生动地体现在时光小镇之中。

除了在小镇中新建一座大型展馆外，邮局、照相馆、理发店、供销社、大饭堂、老冰厂以及专家楼、图书馆、俱乐部、矿部大楼等昔日地标建筑重新出现在眼前，尤其是那300多栋建于20世纪五六十年代的老式建筑，它们构成了一个非常独特的人文景观。走进时光小镇，环顾四周，有一种穿越时空的感觉，满眼都是怀旧元素，甚至有一种山河万象且从诗中来的感觉。慕名而来的摄影师张顺称，这里有特定年代风貌的留存、情景氛围的重现、时光凝固的慢生活节奏，随手一拍就是一道风景。在游客的热捧下，时光小镇成了一处极具沉浸式体验的文旅新地标。

第三食堂右侧，一座高耸的功勋铀矿竖井模型格外引人注目。井架高 19.64 米，寓意着 1964 年中国人民依靠自己的力量，成功打破超级大国的核垄断。这个高度既是一个象征，也是对那段重要历史的致敬。正在小镇采风的诗人吴泽军称，这座竖井通过镜面反射、灯光等技术手段，让人仿佛置身于矿洞入口处，感受到了矿井的神秘与壮观。而面对矿长办公室里的地下防空洞，驴友小莉当即有了想钻下去量一量它到底有多少公里长的冲动。

　　当然，人们更多的感动来自发生在这块土地上的故事。记得 1970 年，周恩来总理在接见七一一矿技术员李德甫和工友家属武秀芝时，动情地说："共和国谢谢你们，也谢谢你们这些家属！"是啊，几代七一一人用智慧、心血和汗水，甚至生命，为这一方山水谱写了动人的乐章。正因如此，河南友人黄先生非常喜欢这座不可复制的时光小镇的情调，浮世清欢，如梦无痕，在纷繁之中，这里是可以安放灵魂的静谧家园。他在时光小镇欣赏到了不一般的风景，也由此得到感悟："世上哪有什么岁月静好，不过是有人替你负重前行！"于是，他面对竖井架旁的三个脸上略显疲惫，却洋溢着昂扬向上精神的矿工雕塑，深深地鞠了一躬。在他的眼里，这三个工友就是当年七一一矿的八一掘井队队员，也可能是矿里的"全国新长征突击手"……

　　后来，他看到我转发《熊奶奶回来了》的视频，立即给我打电话，连说太遗憾了，要是在时光小镇多停留两天，

七一一时光小镇功勋铀矿竖井模型（张顺供图）

就能遇上熊惠贞了。

这段视频是在七一一研学红培教育营地录制的。当时，熊惠贞跟一群早已等在营地的人深情地讲述了当年创业的往事。主持人肖胜男怀着激动的心情称赞七一一矿群体是我们民族的脊梁，但我们却在熊惠贞平实的话语中，听到了七一一矿创业者们的谦虚。营地的创办人胡海听完熊惠贞的故事后，紧紧地拥抱了这位不平凡的长者。

这天，熊惠贞又要离开七一一矿了。

她依依不舍，一早就在巷子里逛了好一阵儿。她走进英子毛线服装店，与女老板李爱英聊了起来。李爱英是一名能干的矿嫂，曾靠编织毛衣来补贴家用。老矿区转型时，她毅然带领一批矿嫂进行第二次创业，将手工编织的毛衣卖到了海外。在生活条件改善后，她举家搬到市区居住。得知时光小镇即将启航时，她当即与丈夫回到熟悉的地方开了这家毛衣服装店。看到眼前热闹的景象，她说，时光小镇已经成了一座日新月异的时光小城。

跟李爱英告别时，熊惠贞的脸上露出了满足与憧憬的笑容。因为李爱英刚刚跟她说："以前，我编织毛衣是为了讨个生活；如今编织毛衣，是为了编织我们的未来，编织我们美好的梦想！"

后 记

我又一次站在讲台上。

张荣国先生联系我说，由中国核工业集团有限公司主办，中核战略规划研究总院，中核集团（中南）市场开发部，核工业湖南矿冶局，郴州市苏仙区委、区政府承办的"核声悦耳"文化品牌故事之"书香中核"重走核工业之路读书分享会"走进中国核工业第一功勋铀矿——711矿"，想邀请我参加活动，和大家一起分享我的新作《籍贯711——中国核工业第一功勋铀矿的故事》。

我欣然答应。

其实，《籍贯711——中国核工业第一功勋铀矿的故事》一书这时还没正式出版，但它已经让很多人有了期盼。

在"书香中核"重走核工业之路读书分享会之前，

我已经在多场读书活动中讲述过711矿的故事以及创作体会。2024年4月23日是第29个"世界读书日"，这一天我站上了"书香郴州·阅读之城"全民阅读启动式的舞台。当天下午，一直惦念、支持这本书创作的龙齐阳先生特意打来电话："今天在启动式上听了你的讲述，我非常想早点儿拿到这本书。"

其实，此时此刻我也是一样的心情。

这本书与湖南人民出版社的结缘，也带有"始料不及"的戏剧性色彩。有一天晚上，我与中南出版传媒集团的友人张泉森偶遇。他曾担任过红网郴州站站长，这次来郴州是想去711矿。他向我透露了自己酝酿已久的计划，想出一本讲述711矿故事的书，向伟大的711矿人致敬，以此纪念中国第一颗原子弹成功爆炸六十周年这个特殊的日子。很早以前，我就开始关注711矿，憧憬有朝一日能写一本关于711矿的书，并为此收集了相当多的素材。这与泉森的想法不谋而合，泉森表示将尽力促成此事。令我没想不到的是，湖南人民出版社的吴向红、吴韫丽等编辑老师很快就赶到了许家洞。当时，我正在711矿采访。我们相聊甚欢，短短一个多小时后，便达成了一致意见——共同创作出版一本展现中国第一功勋铀矿故事与精神的图书。

我虽是《籍贯711——中国核工业第一功勋铀矿的故事》的作者，但这本书的创作和出版，却凝结着众多志同道合者的心血。热心又敬业的陈道甲兄穿针引线，多方协调；张荣国先生为本书的顺利过审提供了极大的帮助和支持；刘丹、吴艳、薛红霞、何宏求等友人在采写过程中给予大力协助；陈贵郴先生无偿提供了许多珍贵的资料；张顺先生一直陪同我采访，并开车、拍照、安排食宿，不仅为我提供了最好的后勤保障，还提出了很多好点子；广西三一〇核地质大队全力协助我完成了其前身三〇九队十分队史料的采集工作；华湘社区管理委员会给予了我特别的帮助，管理委员会的王建民、邓平先生和谭晓云女士提供了不少采写线索和便利条件，他们的身上，依然流淌着一腔711矿人的热血；我的夫人自始至终陪着我采访，未曾道辛劳。每一位接受我采访的人，耐心细致、知无不言，不仅给了我无数创作的灵感，更给了我完成创作的力量。同时，中国核工业集团有限公司、核工业湖南矿冶局、中共郴州市委宣传部、郴州市文联和中共苏仙区委宣传部、苏仙区文联以及湖南出版投资控股集团、郴州市新华书店等相关单位和部门，在本书的策划、创作及出版发行过程中，均给予了大力指导与支持。张泉森、吴向红、吴韫丽等出版界的老师专业而敬业，在采访、创作、编辑、装帧设计等阶段，时刻与我密切沟通，他（她）们说，希望以职业的精神、专业的态度致敬711矿的英雄们。

我突然发现，这本书的出版，不仅是一次历史的讲述，还是这些人情怀的表达。711矿这段隐秘而光荣的历史，背后蕴含着的一个个鲜为人知的故事，深深地打动着我。

我想，它当然也能打动所有人。当读完这本书，我们一定会有一个共同的认识：作为一座矿山，它已经完成了自己的历史使命，但是作为一个精神高地，它永远闪耀着时代的光芒。而且，我明白了，辉煌与悲壮，往往书写在历史的同一页上。所以，走进711矿的每一步，都踏着历史的深度。如今，这座老矿山立足"国家工业历史文化街区、国家工业文化遗产和国家级文物保护单位"的目标定位，按照"工业风、神秘铀、中国红"的主题风格，经翻新改造，成了一座怀旧的时光小镇。

711矿，依然是一个无比鲜活的文化地标。

我很庆幸，在自己的创作中，能遇到这么充满传奇色彩的题材。我从中受到的教育，是让我受益一生的精神财富。是的，当我写完这部书时，我的籍贯也是711！

711矿，值得每一个中国人都来看看！

王琼华

2024 年 5 月 20 日

图书在版编目（CIP）数据

籍贯711：中国核工业第一功勋铀矿的故事 / 王琼华著. --长沙： 湖南人民出版社，2024.6

ISBN 978-7-5561-3573-8

Ⅰ.①籍… Ⅱ.①王… Ⅲ.①报告文学－中国－当代 Ⅳ.①I25

中国国家版本馆CIP数据核字（2024）第101187号

JIGUAN 711——ZHONGGUO HEGONGYE DI-YI GONGXUN YOUKUANG DE GUSHI

籍贯711——中国核工业第一功勋铀矿的故事

著　　者　王琼华
策　　划　张泉森
统　　筹　吴向红
责任编辑　吴韫丽
装帧设计　杨发凯
责任印制　肖　晖
责任校对　杨萍萍

出版发行　湖南人民出版社［http://www.hnppp.com］
地　　址　长沙市营盘东路3号
邮　　编　410005
经　　销　湖南省新华书店

印　　刷　长沙超峰印刷有限公司
版　　次　2024年6月第1版
印　　次　2024年6月第1次印刷
开　　本　880 mm × 1230 mm　　1/32
印　　张　10.5
字　　数　194千字
书　　号　ISBN 978-7-5561-3573-8
定　　价　46.00元

营销电话：0731-82221529　　　（如发现印装质量问题请与出版社调换）